必勝ダンジョン運営方法 18

雪だるま
YUKIDARUMA
画 ファルまろ
FARUMARO

モンスター文庫

「甘さだけでは世界は救えない……
覚悟は遥か昔にできている」
ノーブル
エクス王国国王。

ユキ（鳥野和也）
日本人。
ダンジョンマスター。
コメット
元・ダンジョン
マスター。
ヒフィー
ヒフィー神聖国の
神聖女。
ミリー
人族。
冒険者区代表。

「一緒に生きて
もらえるのであれば、
手を取っていただきたい」
タイゾウ（本目泰三）
日本人。
二次大戦の技術仕官。

ひさびさ集結!!
ミノちゃん
ブラッドミノタウロス。
ジョン
ベジタリアンオークキング。
スラきち
伝説のスライム。
スティーブ
ゴブリン。

必勝ダンジョン運営方法⑱

雪だるま

MONSTER
bunko

必勝ダンジョン運営方法18

CONTENTS

第379掘：竜騎士と騎士

side：デリーユ

目の前には100人兵士が並んでいて、その前に立つ隊長が声を張り上げる。

「構えーーー‼」

「「「おうっ‼」」」

ズンッ。

その指示に応えるように、返事と共に、一糸乱れぬ動きで一斉に盾を構え、その音が辺りに響く。

それから、隊長の指示の下、声に合わせて兵士たちが陣形を変え、構えを変えていく。

機敏な動きからかなり訓練をしているのが分かる。

「いかがでしょうか。我がエクスが誇《ほこ》る近衛《このえ》騎士団の力は」

……これがアーネの言う通り、近衛騎士団でなければ評価したんじゃがな。

案内役についてきたアーネは自信満々で、目の前の訓練風景を紹介しているが、これが末端の兵士がやっているのならとても評価できる。

しかし、近衛騎士団だと話は別じゃ。

これができて当たり前、そして個人技も求められる。

王の護衛《ごえい》が仕事なのだから。

近衛が前線に出るようであれば、その国の趨勢は決まったようなもんじゃ。

それとも、この国では近衛は王を守る兵士ではなく、なにか特殊部隊を指す言葉かのう？

ま、下手に聞くわけにもいかんな。

こういった手合いは侮辱されたと突っかかってくるに決まっておるし。

「凄《すご》いですね、アーネさん」

「そうでしょう。そうでしょうとも、アマンダ殿」

周りがしらけている中、アマンダが普通に凄いという感じで話してくれるのが幸いした。

こういう所では、アマンダの一般的な思考が役に立つ。

彼女からすれば、訓練に励む兵士は凄いのだ。

これがどれだけ実戦で役に立つかとかは考えもせず。

まあ、妾《わらわ》たちというか、アマンダという竜騎士に見せるために集めたメンバーであるという可能性もあるか。

パフォーマンス部隊というやつじゃな。

実際の戦力を測られることなく、相手に誤情報を渡すための演技。

その可能性の方が高いな。これは、話半分で聞いておくべきじゃな。

さて、妾たちはこのように練兵場にて、退屈な訓練風景を見ているわけじゃが、すでに、アマンダの竜騎士演武は終わり、ポープリと別れてこのような状況になっているというわけじゃ。

演武が終わった後のアマンダは見ものじゃった。

ワイちゃんを少し浮かせて旋回して、ちょいと炎を放っただけで大歓声。

ただそれでアマンダは顔を真っ赤にしおって、大慌てというわけ。

まったく、アグウストとヒフィーの時に比べれば、まだましじゃったろうに。

まあ、命がかかっているのと、最初から見せるのが目的だと意識が違うのは分かるがな。

演武に参加したエクスのお偉いさんたちは、アマンダを御しやすいと判断したのか、挨拶《あいさつ》を軽く済ませて、パーティー参加の約束などを話しておった。

その対応に困っているところをポープリとノーブルがやんわりと間に入って止めて、お開きとなったわけじゃな。

それからは、こちらの予定通りに、ポープリとノーブルが魔道具の評価へ、妾たちは城の案内という建前の下、城内の把握《はあく》や、兵の練度、アーネへの探りをしているわけじゃな。

「でも、ああいうことができるってことはかなり訓練しているんですよね？」

「はい。団体行動は一夕一朝でできるものではありません。あれを日々繰り返して体や頭に叩き込むのです」

「ふわー。凄いなー」

「何を仰いますか。アマンダ殿もかなり鍛《きた》えているように見えますが？」

「あ、それは学校の方針で魔術師は動いてなんぼだと」

「ほう。魔術学府は実戦重視というわけですか。陛下がポープリ殿に一目置いている理由が分かった気がします」

　まあ、妾たちはもっぱら聞くだけの立場じゃけどな。

　この場において一番重要度が高いのはアマンダじゃからな、表向きは。

だから、上手くアマンダがアーネと会話をしてくれると楽じゃ。

「そういえば、私は魔法の才能があったからですけど、アーネさんはなんでまた騎士なんかに？　私とそんなに歳は変わらないですよね？　あ、何か言いにくいことでしたら言わなくていいですから」

　よし、自然にアーネの話題になった。

　全員といっても、妾にエリスにタイキだけじゃが、よそを向きつつも耳を傾けている。

エオイドの方は真剣に兵士の訓練を眺めておる。

「いえ。特に隠すこともありません。私はただ陛下に恩返しができればと思って騎士を目指したのです」

「恩返し、ですか？」

「はい。私はエクスとは別の国が故郷でして、そこで家族は雑貨屋を営んでおりました」

「ですがある時、飢饉が起こりまして、その対価、移民として、陛下にこちらに連れてこられたのですよ」

「え？　それって……ど、奴隷《どれい》じゃないんですか？」

「いえ。陛下はそのような、鬼畜生《ちくしょう》なことはいたしません。ちゃんと衣食住を整えていただき、生活に困るようなことはありませんでした。ただ、今後同じようなことがあってもすぐに支援体制を整えられるようにエクス内の土地を耕して欲しいという話だったのです」

「優しい人なんですね」

「ええ。私は当時、その移民に混じって、父や母と同じような雑貨屋を開くのが目標でしたが、その陛下の御心に触れて、なにか手伝いができないかと思い、兵士に志願したのです」

「で、今は騎士ですか。凄いですね」

「いえ。アマンダ殿に比べればまだまだ未熟者です。騎士といっても、ようやく訓練課程を終えて、つい最近こうした場に出てきたばかりなので」

「じゃ、私と一緒ですね。私も竜騎士になったのはつい最近ですし」

「そう、ですか？」

「そうですよ」

「へー」

そんな感じで、アマンダとアーネの話は続いていく。

……妾たちはその話を聞いて目を合わせて頷いていた。

絶対、ドレッサ姫の関係者じゃよな……。

しかも、あれから故郷がどうなったかも知らない様子じゃ。

ドレッサ姫のことも当然知らんのじゃろう。

いや、これはわざと情報封鎖をしているのじゃろうな。

しかし、なんでこんな危ういのを手元に置いておくのか？

ぬぬ、ノーブルの奴が何を考えているかよう分からんな。

これはユキに報告して、皆で考えるのがよかろう。

「……で、学長も凄かったんですけど、エリス師匠も凄いんですよ」

「ほう。こちらのエリス殿が？」

「はい。で、もう1人のクリーム色の髪をした人がデリーユ師匠で、格闘とか剣とか凄いんです」

ん、何やら話が妾たちのことになっておるな。

「ほほう。ポープリ殿が同行を許したのですから、それなりの腕前だとは思っていましたが、そこまでですか」

あ、なんか凄く分かりやすいパターンじゃな。

アーネはこちらに寄ってきて、こう言った。

「よろしければ、ひとつご指導願えないでしょうか?」

「ふーむ。それはこの場でか?」

「はい」

「それはどうかのう……」

「なにか問題でも?」

「いや、ポープリ殿やノーブル王を交えずに勝手にやるのはどうかと思ってな。何かあれば、お互いにとってよろしくないじゃろう? 独断でやるのは少しどうかと思ったのじゃよ」

「なるほど……」

ふう、適当にごまかしたが結構いけるもんじゃな。

妾たちが、どうするべきかも相談しておらぬしな。

いや、ユキが話していないということは、妾たちの好きな様にやっていいのじゃろうが、ポープリは穏便《おんびん》に済ませたいからこの場に来ているのじゃからな。

ユキというより、ポープリに話を通すべきじゃな。

フルボッコにするにしても、わざと負けるにしてもじゃ。

「分かりました。陛下とポープリ殿がお戻りになった時に裁可を仰《あお》いでみます」

「それがいいじゃろうな」

御前《ごぜん》試合のう……ユキがいらぬことを思いつきそうで怖いわ。

ポープリにもそこら辺は釘を刺しておく必要があるじゃろうな。

御前試合ですべて制圧とか、笑い話にもならんわ。

「そういえば、学長はいつぐらいに戻ってくるか分かりますか、アーネさん？」

「いえ。時間がどれほどかかるのかは分からないので、食事などは希望された時に案内するように伺《うかが》っています」

そういえば、午前中に式典や演武をして、そのままお昼を回っておるな。

色々妾たちも緊張しておったようじゃな。

アマンダが口に出して初めて腹が減った感覚があるのに気が付いた。

と思っていると、ぐぅーっという音が響く。

その音源に全員の視線が集まる。

そこには、アマンダがいた。

「……お腹すいたんで。案内お願いできますか」

「失礼いたしました‼　今すぐ馬車を用意いたしますのでお待ちください」

なるほど、アマンダはお腹が減っていて、学長の予定を聞いたのか。

あとどれだけ待てば食事なのかと。

が、奮戦もむなしく、腹の虫が鳴いたというわけじゃな。

見事に顔を真っ赤にして可哀想《かわいそう》に。

まあ、今日一番動いていたのはアマンダじゃから、腹が減るのは仕方がない。

しかし、こういった場で腹の音が鳴るのは妾でも耐えられそうにないな。

幸い、周りの兵士も、アーネも、近衛隊の隊長も慌てて準備を始めていることから、配慮が足らなかったと反省しているのが救いじゃな。

妾たちも配慮が足らんかったな……反省。

で、大急ぎで準備しているのを眺めて、馬車に乗せられて、揺られて気が付いた。

「のう。何で昼食を食べるためだけに、馬車に乗っておるんじゃ？」

「そういえばそうですね。アーネさん、この馬車はどちらに？」

「はい。城下街にある有名なレストランへと向かっております。皆さまはすぐに王城へといらっしゃったので、ゆっくりと城下を見る機会がなかったかと思います。この機会を使って、エクスの活気を知って欲しいと、陛下が仰っていました」

「そういうことですか。なら、お店などを見れる時間もありますか？　お土産《みやげ》とか買えたらと思いまして」

「ええ。そういった時間も取るようにと言われております」

ふむ。

邪推をするのであれば、目の届かない妾たちを城から遠ざけたということか。

ポープリと一緒に来るかと思えば来なかったのじゃから、こういう手がいいじゃろうな。

まあ、すでに霧華《きりか》が城に忍び込んでおるので、無駄骨、というよりいい囮《おとり》じゃな。

おそらくはこの人混みの中にも、監視の役が何人かおるじゃろう。

上手い手じゃな。木を隠すなら森の中というわけか。

最初から目立つ王城からの馬車で無体な視線は山ほど。

これでは監視がどれか分からん。

下手をすると、そのまま暗殺もあるな。

行動を起こすのは危険じゃな。

「着きました。こちらです」

ま、大人しく腹を満たすかのう。

美味《うま》い飯じゃといいんじゃが。

香りはいいし、食欲はそそられる。

「このお店は、エクス王都でも人気のお店で、味もよく、値段もお手頃で、貴族から平民まで幅広く好かれています」

「へー、そんなお店があるんですね」

……おそらくこの店のチョイスはアマンダに合わせてじゃな。

食事の作法とかもあったもんではないからのう。

「本当に色々な人がいますね。あ、あの人たちは子連れかな？」

そう言って、アマンダが見る先には、家族連れの人たちも見受けられる。

これならアマンダも気を遣わんでいいじゃろうな。

さて、他の皆は上手くやっておるかのう？

気にはなるが連絡を堂々と取るわけにもいかんし、まずはこっちの一般料理というのを楽しませてもらうとするかな。

第380掘：王と魔術師とネズミ

ｓｉｄｅ：ノーブル

青い空に舞う1匹のワイバーン。

それは背に乗せた主の指示により声を上げる。

ギャース‼

練兵場全体に、いや城全体に声が届いた。

それを見ている臣下たちもその姿に驚きの声を上げている。

「凄《すさ》まじいものですな」

「そうですな。竜騎士、侮りがたし」

「学生なのが幸いしましたな」

「確かに。あれほどの才能を危険と判断して処分するには惜しすぎる。今のうちに友誼《ゆうぎ》を結んでおくべきでしょう」

確かに、私の予定通り竜騎士への暗殺などは避けられたが……。

思いの外、あのワイバーンが強い。

臣下たちはそもそもワイバーンと竜の区別もつかぬのだが、あのワイバーンは異常だ。

私もかの大戦でワイバーンは見たことがあったが、あれほどのレベルではなかった。

下手をすれば竜を超える。

あれを相手にするのであれば、こちらも相応の出血を覚悟せねばなるまい。

その点を踏まえて、ポープリ殿をこちらに呼び寄せて正解だったな。

学府一帯の魔物が強力だと聞いてはいたが、ここまでとは。

確か、ヒフィーとアグウストの小競り合いの時も、ワイバーンの群れが現れたと報告があったな。

眉唾かと思ったが、ここまで強力な個体がいるとなるとあながち否定はできない。

ポープリ殿と敵対をしていたら、学府一帯の強力な魔物をけしかけられていた可能性もあったのだ。

いや、まだ味方と決まったわけではないか。

これから何としてもこちらに引き込む必要がある。

幸い、竜騎士殿たちは別行動をするようで、監視という面では不安ではあるが、ポープリ殿の説得に時間を掛けられるのは幸いだ。

竜騎士殿たちの方は、適度に城内を案内した後、城下街のレストランにでも移動させればそこまで心配はないだろう。

「では、ポープリ殿、ララ殿。これから魔道具を見ていただきたいのだが、よろしいか？」

竜騎士の演武も終わり、落ち着いたところでそう切り出す。

「ええ、構いません」

「では、竜騎士殿たちの案内は、騎士アーネ、任せたぞ」

「はっ‼」

竜騎士は学生と聞いていたから彼女をあてがったが、上手く行っているようだ。

街中でドレッサ姫と出くわす可能性もあるだろうが、そもそも奴隷になったドレッサ姫を本物だとは見てとれないだろうな。

問題が起これば周りの騎士にフォローをするように言ってあるし、どうとでもなる。

……彼女には申し訳ない限りだがな。

だが、これも未来のためだ。

そんな私の心中を知ることもなく、彼女は竜騎士殿たちを連れていく。

「……償《つぐな》いをするのは、すべてが終わってからだ」

無意識に言葉が口からこぼれた。

その言葉はポープリ殿に聞かれたらしく……。

「……お互い、上に立つ者は何かと大変ですね」

この返し、おそらく我がこれからすることを見越しているのだろう。

さすが、400年も前から生きている生粋の魔術師。そして、かの神と繋がりを持つ者。

腹の探り合いは不要か……。

「……できれば手を取り合えればと思っている」

「そうですね。ですが、譲れぬモノがあります」

「それを、これから確かめたい」

「……分かりました」

とはいえ、いきなり本題に入っても、こちらの技術力などを示さないと手を取り合うわけにもいかないだろう。

いや、そもそも、彼女はコメット殿やヒフィー殿、そして私の存在意義を知らぬはずだ。

魔力枯渇《こかつ》という世界を巻き込む問題を知っているのであれば、彼女の名前を出した時点で協力を申し出るはずだ。身内でいがみ合っている時ではないのだ。

だからといって、僕から真実を話しても信じてもらえるか怪しい。

なので、まずは魔道具で気を引き、ヒフィーと合流し、今までの説明をして協力を仰ぐ。

愚《おろ》か者でない限り、良い返事を返すはずだ。

逆に良い返事を返さないのであれば、それは私欲にまみれたモノという証明になり、残念だが排除するべき相手という認識になるだろう。

そうなれば、ヒフィーたちも落ち込むだろうし、そういうことがないように引き込むのは私の手腕というところか。

「ずいぶん、歩くのですね」

「さすがに国家機密だからな。城とは別の場所に研究所を置いている。その辺りは許して欲しい」

「学府とは違いますね」

「機密である上に、実験には失敗も付き物だからな。学府とは違い、国の政務を執り行っている城と同じ場所で行うわけにはいかん。失敗が常であるがゆえに、民に要らぬ心配を掛ける原因にもなる」

「確かにそうですね。学府みたいに爆発は付き物ぐらいに思ってもらわないと、住人たちは確かに不安になるでしょう」

「だね。今思えばよく学府と付き合ってくれているものだよ」

「……」

なぜだろう。

普通のことを言ったまでなんだけど、学府とエクスでは何かが違う気がする。

というか、爆発が付き物っていったいどれだけ爆発しているんだ？

それでどうやって住人たちが安心して過ごせる？　なんか色々間違ってね？

……あ、落ち着け、何か思考も素に戻っている気がする。

「……コホン。そちらの在り方にも興味はあるが、今はまず、こちらが先だ」

私たちはようやく王都の外れにある工房に到着する。

「ここでエクスでの魔術研究が行われている。巷《ちまた》では工房、工場と呼ばれているな」

「工房？　工場？」

「そうだ。研究だけではなく、発明された製品を量産するための場所だ」

「へえ。それはまた、興味深いね」

「そちらでは良い発明品ができた際にどう扱うかは知らないが、我はそれが民にとって良きものであるなら、すぐに生産体制を整えられるようにしている。民の豊かさこそが、国の豊かさに繋がるからな」

そう、民を富ませることが国を富ませるということを理解している者は少ない。

これは各国も同じだ。

自らの立場が危ぶまれることを嫌い、民に財を持たせることを嫌う。

それではダメなのだ、足りない。

私たちが取るべきは、全体の底上げであり、一部の人が贅《ぜい》を味わうことではないのだ。

無論、底上げとは財のことだけではない、生活水準であり、一個人の力であり、色々だ。

「……ノーブル殿はずいぶんと新しいお考えをお持ちのようで」

「それを言うのであれば、才があればよいといって学府の門を開いているそちらの方が先駆者というべきだろう」

「いえ、私はあくまでも学問としてですので」

「お互い謙遜しては話が進まぬな。まずは、物を見てから積もる話をしよう」

「そうですね」

……やはり、ポープリは我が同志となり得る。

しかし、それは私が同志として相応《ふさわ》しい能力を持っていると示さなければならない。

足手まといを囲む理由もなければ、私の言葉を信じることもできないだろう。

だからそれを見せるのだ。

信頼し、協力し、未来を目指す同志に相応しいと。

「準備はできているか？」

「はっ。昼頃にこちらに運び込まれています」

「よし」

ただ単に確認を取ったまでだった。

特に問題がある受け答えとも思っていなかったが……。

「おや？　その様子だと、この工房とやらは他にもあるのですかね？」

「どうしてそのようなことをお聞きに？」

「いえ、まだ工房に入る前で、こちらに運び込まれたと言われたので、てっきり別の場所から運び込まれたかと思っただけですよ。でも、思えば私たちに見せるために内部移動しただけの話だったんですね」

「……ああ、その通りだ」

とっさに返事はできたが、これはおそらくばれたな。

ポープリ殿の言う通り内部移動で納得できるはずの話だが、私が動揺してしまった。

僅かな、そう、本当に僅かな動揺、戸惑いではあったが、ばれていないと思うのは愚かだな。

こちらからすぐ話す理由もないが、追及された時は素直に認めるのが今後のためにはいいだろう。

「では、案内を頼む」

「はっ。こちらです」

多少問題はあれど、今はそんなことよりも、予定通りに動くのが大事だ。

案内のもと、工房内を見て回るように移動する。

ポープリ殿、ララ殿も我の意図は分かっているようで、しっかりと工房内の風景を見て回っている。

つかみは上々だな。

このような施設はそうそうある物ではない。

普通、武具なども含めて、城内あるいは城下の専属の者に作らせることが当たり前で、国で工房や工場を作るということがないのだ。

私も最初はどうなるかと思っていたが、生産量が上がると同時に品質も安定し、民への仕事の斡旋《あっせん》にもなり、思った以上の成果が出て驚いたものだ。

「こちらの部屋に検品していただく魔道具を置いてあります」

「ご苦労。どうぞ、ポープリ殿、ララ殿」

我はその部屋の扉を自らが開け、中へと案内する。

「失礼するよ」

「失礼いたします」

王が自らそうすることで、この場所はそこまでの価値があると見せたのだ。

部屋の中には予定通り、先に選別しておいた魔道具が3つ。

戦いを大いに変えるようなものではなく、民に喜ばれる物だ。

1つは水を出す魔道具。水というのは人が生きていく上で必須であり、欠かせない物。

それを、魔術が使えない者でも少しの魔力を与えることによって、水を供給できるようにしたものだ。

残り2つも同じような物で、戦いのための物ではなく、生活の役に立つ物だ。

なぜこのような物を用意したのかというと、これに対する学長たちの評価、反応が見たかった。

すでに私としてはこの2人をある程度認めてはいるが、この魔道具の民でも使えるという利点を把握できるかで評価もまた上下する。

彼女たちも私を評価しているように、私も彼女たちを評価している。ただそれだけだ。

「説明を頼む」

「はっ。ではこちらの魔道具から……」

私は説明を部下に任せその様子を眺めるつもりでいたのだが……。

「失礼します」

いきなりドアが開かれ近衛の騎士が入ってくる。

「何事だ。来客中だぞ」

「申し訳ございません。少々お耳に入れたいことが……」

そう言って耳打ちされた話は非常に面倒なことだった。

「……なに？　執務室から物音だと？」

「はい」

「鍵《かぎ》は掛けておいたが……。侵入者か？　もしや……」

言葉は続けず、説明を聞いているポープリ殿たちに目を向ける。

連れの竜騎士殿たちの誰かが動いたか？

「それはありません。全員、昼食で外に出た後のことですので。それと、さほど緊急性があるわけではないのですが、一応伝えて来いと宰相《さいしょう》からの命令でして」

「なぜ緊急性がないのだ？　執務室の鍵が破られているのだろう？　宰相は何を考えている」

「いえ、鍵は破られていませんでした。執務室前を守る兵士は室内の物音に気が付き、曲者かと思い扉を開けようとしても開かず、鍵を持っている宰相を呼んで開けたのですが、中にいたのはネズミでした」

「は？　ネズミ？」

「はい。ですが、思った以上に中が荒らされていて、棚に整理されておかれていた物は無事だったらしいのですが、主に机の上にあった書類の被害が甚大とかで……」

その説明に思わず顔で手を覆《おお》った。

やっちまった……。

片付けぐらいしとけばよかった。

「それで、ネズミに齧《かじ》られている物や、インクまみれになっている物もあるので、記憶のあるうちに復元をしてもらいたいと……。無論、陛下が今行っていることが大事だとは承知の上ですので、よければとのことです」

「……分かった。戻る」

私は事の重大さを認め、いったん戻ることにする。

「何かあったのですか？」

「ああ、我の不徳とすることだ。執務室で文字通りネズミが暴れた……」

我が覇気《はき》のない顔でそう言うと、2人は顔を見合わせて苦笑いをする。

「書類は無事ですか？」

「……その確認のために離席したい。自ら案内をしておいて非常に申し訳ない」

「いえ、そのお気持ちはよく分かります。お国のためでもありますし、どうぞお戻りください」

「すまん。お前たち、くれぐれもポープリ殿たちに失礼のないように」

「「はっ‼」」

「では急ぎ、城に戻るぞ‼　あと、ネズミの通路確認と駆除に力を入れろ‼」

「「はっ‼」」

あ……頭が痛い。

side：ポープリ

私は慌てて戻るノーブルに同情を禁じえなかった。

周りの残った人たちもいったん隣の部屋に引っ込んで、誰がノーブルの代わりに私たちの説明を行うのか話し合っている。

ということで、この計画の発起人に連絡をしてみる。

「やあ、極悪人」

『いきなり酷《ひど》い言いぐさだ』

その発起人は心外だと言わんばかりに声を出す。

「書類をネズミにぶっ壊させるなんて、よくも考え付いたもんだね。私は恐ろしくて泣きそうだよ」

書類作業を本当に最初からやり直しになるという悪夢。

こんなことをよく平然とやれるものだ。

『やったのはネズミさんだし、俺は関係ない。だが、これで向こうは色々と余裕がなくなるだろうな』

「それは当然だろうね」

仕事場を文字通りぐちゃぐちゃにされて平然としている人がいるなら教えて欲しいよ。

いや、神様であっても取り乱していたから、本当に性質が悪い、私たちのリーダーは……。

第381掘：困難な任務だったぜ（棒読み）

side：スティーブ

おいらたちが大きい建物に向かう途中で、大将から連絡が来たっす。

内容は……。

ノーブルにいまだ動きなし、霧華の陽動に引っかかり移動中。

こちらの行動に気が付いた様子はなし、作戦を継続されたし。

なお、気が付いていて、執務室へ移動すると見せかけて、そちらへ移動する可能性もあり。

定期連絡を密にし、これからの動向に注意されたし。

とのこと。なんというか、作戦は極めて順調に進行中。

こういう軍事行動は順調に進むことなんか稀《まれ》なんすけどね。

大将とか身内の軍事演習じゃ、第一作戦目標が達成できることなんか稀っす。

ま、大将との軍事演習の時とか、わざと作戦が上手く行っていると見せかけられて、一網打尽にされたこともあったっすし。

油断なんかできる余裕はないっすけど、ここまで作戦が上手く行きすぎると不安が出てくるっすよ。

かといって、作戦を中断することはないから、予定通りに進めるだけっすけどね。

言い出したらキリがないってやつっす。

（そっちも、連絡は見たっすか？）

（はい。隊長、予定に変更は？）

（無論ないっす。このまま大きい建物への調査を開始するっす。分かってると思うっすけど、絶対油断はするなっす）

（了解）

ハンドサインでそんな会話をした後、目的の大きい建物がある地域への移動を再開して、そこまで時間が掛からずその場所に到着する。

特に人通りはないっすね。

時間帯は昼過ぎってところだから、昼飯に出た人も仕事に戻ってるって感じで不自然ではないっすね。

道すがらの人はほとんどおらず、巡回の兵士すらいなかった。

……外をばっちり固めてるから、中にはそこまで人手を割いてないっすかね？

そんなことを考えながら進んでいると、道の先に大きい建物と門が見えてくる。

しっかし、道を監視しても仕方ないでしょーに。

侵入者がそんな分かりやすい所歩くわけないのに。

あ、本人たちは門に立っているから、別に侵入者専門の警備ってわけでもないのか。

まあ、だからと言って、ぼーっとしていいわけじゃないっすけどね。

(よし、光学迷彩を起動して、一度上に飛んで、上から覗いてみるっす。侵入するのはまだっすよ。何か仕掛けがないか写真に収めて確認するっす)

(了解)

(じゃ、いくっすよ……)

そして、指を折っていって、カウントがゼロになる。

それに合わせて、おいらたちは飛び上がり、大きい建物がある敷地の確認をする。

着地した後は、いったん下がって、お互いが撮った写真を見て確認をとる。

(大きい建物は3メートルほどの塀で囲っているぐらいっすね)

(はい。塀の上に鉄条網も、降りた先にも仕掛けらしきものは確認できません)

(敷地内に潜入、離脱する分にはどこからでもって感じっすね。で、どこから潜入して、建物内を見て回るか……)

敷地内の侵入離脱が簡単なのは分かった。

次の問題はどの建物に侵入するのか、という判断っすね。

大きい建物はどれも細い通路で繋がっている。

侵入口はその通路の先や、裏口みたいなものもあって、複数存在する。

あの町の規模から考えて、ここの中では結構大人数が仕事をしているはず、下手にこちらから扉を開けたりすれば気が付かれるっすね……。

（隊長、いったん敷地内に潜入して、建物の窓から様子を窺《うかが》うのはどうでしょう？）

（……それが一番っすね。実際侵入してみないと、警備体制も分からないし、気が付かないトラップもあるかもしれないっす。一度様子見で入っていけそうなら、そのまま内部潜入っすね。そういえば、時間の方はどうっすか？）

（作戦に遅延はありません。様子見して戻って再捜索も十分行けます）

（よし。なら一度この状況を大将に報告するっす。何か向こうに動きなどがあるかもしれないっすから）

（了解。周辺警戒に当たります）

ということで、大将にメールで状況報告と、他の動向を尋ねる。

いや、作戦本部にっすけどね。もうそろそろ、大将本人は統括で大忙しでしょうし。

返事の方は数分ほどで返ってきたっす。

状況は確認した、其方の作戦に問題はないように思える。そのまま作戦を開始されたし。

なお、他の作戦行動部隊についても、特に問題なし。全体的に作戦の遂行状況は極めて良好である。

だが、この状態はある意味で、とても不自然である。

警戒を緩めず、相手を侮らず、変わらず素早い作戦の遂行を望む。

うっわー、ただの定型文の塊《かたまり》かと思えば、作戦本部でも上手く行きすぎてなんか不安って感じっすか。

まあ、それもしゃーないっすよね。どっかの「あいとゆうきのおとぎばなし」では、この後、突入部隊全員との交信途絶っていう、おっそろしい事態になったっすからね。

無論、突入部隊は全滅。その後、外から全部を吹っ飛ばす作戦に切り替わったっすから。

幸い、おいらたちの敵は、あくまで人とか、魔物だし、地球外生命体のミラクル生物じゃないのが救いっすね。

あの話の地球外生命体相手に勝てる気なんてしないっすから。

そういう意味では、超文明のSFローファンタジーじゃなくて、低文明のハイファンタジーでよかったっす。

と、そんなことはどうでもいいか。周辺警戒に当たっている部下を呼び戻すっす。

ハンドサインで呼び戻して、作戦の許可が下りたと言おうと思ったっすけど。

(隊長。なんか笑ってませんか?)

ありゃ、顔に出てたっすか。

ま、隠すことでもないっすね。

(作戦の許可が下りたっすけど、作戦本部でも上手く行きすぎて不安だと)

（ああー）

（で、思ったわけっすよ。つくづく、低文明のハイファンタジーでよかったーって）

おいらがそう言うと、部下もなんとなく苦笑いのような感じになるっす。

そして、武装点検をして、すぐに作戦行動に移れる態勢を整え……。

（向こうじゃ、頼りにしているこの武器たちも、豆鉄砲ですからね）

（そうっすよねー）

そんな事態になれば、こっちも戦○機導入っすけど、まあー嫌っすね。

それでも劣勢確定っすから。文字通り死にもの狂いで頑張らないといけないっすから。

（今の生活で十分ですよ）

（同感。よし、ルートはこのポイントから、一周ぐるっと、光学迷彩をオンにして行う。魔力残量に注意しろ）

（了解。こちら残り連続15時間稼働可能です）

（こっちも同じぐらいっすね。ま、今のところ故障等の不具合の報告はないっすけど、お互いにいつこの光学迷彩が壊れても、慌てることのないように。その場合、見つかっているなら囮になって離脱を、見つかっていない場合は合流ポイントまで退避し、退路を確保して他の皆が戻ってくるまで待機）

（了解）

（うっし、いくっすよ）

最終確認を終えたおいらたちは、大きい建物の敷地内、塀の内へと侵入する。

目的は屋内潜入ルートを探すため。

はぁ、こういうのはソリッドみたいに判明していて、ナビ通りに行くだけ、とかならいいんすけどねー。

こういうのも自前でしなきゃいけないのは面倒っすねー。

衛星もなければ、コンピューター管理でもないから、中の図面を盗むぐらいしかないっすもんね。

そりゃ、無理っす。

まあ、それだけこっちも使えたら、相手も相応に警備態勢とかあるでしょうし、一概にいいとは言えないっすけどね。

いや、正直に言うっす。

伝説の傭兵《ようへい》でもないっすから、きっとおいらはトッ捕まって死んでるっすね。

自分の身の程っていうのはよく分かってるっす。

（しかし、なんというか、大きい建物ではあるんっすけど、なんかこう……秘密施設って感じがしないんすよねー）

おいらたちは敷地内に潜入し、目の前にそびえる、建物の壁を見る。

無論、一面壁で、こちら側には窓や出入り口らしきものは見えない。

そういう場所を選んで潜入ポイントにしたのだから。

だが、おいらが言いたいのはそういう意味ではなく……。

（ただのレンガ作りですからね。こんな作り方だと、倉庫とかにしか見えませんよね）

そう、ただのデカい倉庫にしか見えないっす。

こう、いかにも、研究をしている軍事施設って感じがしないっす。

いや、ソリッドに比べてっすよ。

……この世界の軍の駐留所とかも全部レンガ造りだし、味気ねえ。

カモフラージュって可能性もあるっすけど……期待するだけダメな気がするっす。

（ま、そこに不満を垂れてもしゃーないっす。とりあえず、この場に不審点、要観察点は特になし、予定通りのルートを回るっすよ）

（了解）

ルートを回るといっても、それはやっぱりハイドスタイル。

いくら光学迷彩で姿を消しているとはいえ、普通に歩いて、角を曲がった時に、誰かとぶつかれば意味がない。

いや、即座にばれる心配はないっすけど、そういう些細なきっかけも与えてはならないっす。

それが、潜入ミッション。

さて、屋内が変に入り組んでないといいんすけどねー。

覗いて全部見られれば楽なんすけど……。

そんな淡い希望を抱いていた時期がおいらにもありました。

(ナニコレ?)

(何かのパーツを作っているように見えますけど……)

でさ。その淡い希望が叶《かな》ったときはどうすればいいっすかね?

とりあえず、角を曲がった所に窓があったから覗き見てみると、この建物、マジで覗くだけでほぼ屋内全部が見えるような作りだった。

倉庫、本当に倉庫。

そこに、生産ラインでも置いて、ゴンゴン作っているような感じ。まじもんの工場かよ!!

あれー、外見はアレだったのに、なんで中は一気に近代化してるっすか?

いや、生産ラインって言っても全部手作業っすけどね。

なんか、大きい箱から、随時《ずいじ》パーツが吐き出されるのを、手に取って、リレー作業で回して、開いている箱に箱詰めするって感じ。

ベルトコンベアって偉大やったんや。と思わせる、涙ぐましい努力。

どこも下っ端は大変っすね。

それは分かりつつも、こちらもお仕事っす。

あのパーツ、なんとかして手に入れたいっすね。

（……パーツは情報物品として何としても欲しいっすね）

（ですね。リレー作業なのが面倒ですね。ベルトコンベアに乗っているなら拝借するだけでいいんでしょうが……）

（奪えないっすね……と、なら箱詰めしているところが狙い目っすかね）

（上手く行くかは分からないですけど、物を近くで見ることはできますし、行ってみましょう）

（そうっすね）

間近で写真に収めるだけでもまた違うっすから。

ということで、忙しく箱詰めしている……といっても特に検品もせずに箱の中に放り投げてるっすね。

ウィードならラッツの姐さんに大目玉っすね。確認義務がーとか、物品の扱いがーとか。

（どうやら、数量確認などはしていないみたいですね）

（ありがたい話っす。適当に数個、頂戴していくっすよ）

と、こんな感じで、簡単に何かの生産品を手に入れるという作業を繰り返したっす。

そう、繰り返したっす。

（……なんで覗く所全部、工場っすかね）

（いや、ある意味大きい建物を使うってことには合理的ですけど）

（しかし、妙なことに、どこも同じで、妙な大きい箱から物品が出てくるだけの形だったたっすね。材料を搬入している姿は見たっすか？）

（いいえ。こちらも見ていません。ですが、魔力反応は確認できました）

（そっちもっすか。あの魔力の反応のしかた、コアで物を作る時の反応に似てるんすよねー）

おそらく、あの大きな箱にはダンジョンコアが入っていて、特定の品物を作り出していると見るべきっすね。

コアなら魔力があればいいし、材料いらず。あの状況にも説明がつくっす。

（ま、そこはいいっす。問題は、このパーツは……）

もう、最初は留め金みたいなものでさっぱり意味不明だったたっすけど、こう種類が集まると、パズルを組み立てるように……。

（剣ですね。刀身、柄、鍔、拵え、細かい部品）

そう、剣なのだ。

しかも、都合よく刀身の付け根の位置には何かをはめ込む空間がぽっかり空いていて、その中に何かが入ってた完成品を見たことがあるっす。

（……粗悪品の魔剣っすね。はぁ、とんでもないもの見つけてしまったというべきか、予定通りというべきか……）

こう、特別評価手当でボーナスドン‼　とかないんですかね？

落とし穴63掘：彼らの知る真の勇者と約束された日

勇者（ゆうしゃ、ゆうじゃ、ようしゃ）とは、勇気のある者のこと。同義語・類義語に勇士（ゆうし：主に軍人）、勇夫（ゆうふ：男性）、勇婦（ゆうふ：女性）などがある。

しばしば英雄と同一視され、誰もが恐れる困難に立ち向かい偉業を成し遂げた者、または成し遂げようとしている者に対する敬意を表す呼称として用いられる。武勇に優れた戦士や、勝敗にかかわらず勇敢に戦った者に対しても用いる。

※ウィキペディア「勇者」より抜粋

これが本来の「勇者」という言葉が持つ意味である。

戦争で戦う兵士たち全員のことでもあり、それを率いる指揮官のことでもあり、困難に立ち向かう者すべてに適用される言葉である。

実際に、昔の戦場では掛け声で兵士を奮い立たせるため「勇者」「勇士」と呼ぶことはよくあり、古来、諺《ことわざ》も存在する。

勇者は懼《おそ》れず

出典：『論語』「子罕第九」

正しくは「知者は惑わず勇者は懼れず」といい、道理に通じた者は、事をなすにあたって迷いがなく、勇気ある者はどのような事態にも臆することがない。

誤解覚悟で分かりやすく言うと、答えを知っている者（道理に通じた者）は目的を達成する道筋に悩まず、（事をなすにあたって迷いがなく、）覚悟を決めた者は（勇気ある者は）どのような問題があっても手を止めることはない（どのような事態にも臆することがない）、ということだ。

まあ、言葉だけでは分かりにくいかもしれないから、軽く例を出そう。

おにぎりを用意しろと言われて、あなたたちならどうするだろうか？

この答えは人によって様々であるが、日本人であるのであれば、さほど難しいことではないだろう。

おにぎりという物を知っているし、何を材料にして作るのかも、売っていることすら知っている。

だが、これはおにぎりという、道理、答えを知っているからこそ落ち着いて、迷いなく、覚悟というのは大げさだが、手に入れる方法が一つ減っても慌てることはないだろう。

しかし、おにぎりを知らない人が引き受けることはどうだろう？

そのおにぎりを調べるところから始まり、用意できるかも分からない。

だが、勇気ある者、覚悟を決めた者は違う、難しいとかは問題ではない、絶対に成し遂げるという意思がある。だから、くじけない、諦《あきら》めない。結果はどうなるかは知らないが……。

いや、おにぎりに勇者を例えに出したのは些《いささ》かどころか、明後日の方向すぎるが、まあ似たようなものである。そう納得しろ。

これが本来の「勇者」という言葉の意味であり、広く解釈するのであれば、生きる者すべて勇者だと言っても過言ではない。

命はいつだって、生きるという難題に、毎日立ち向かっているのだから……。

side：セラリア

そんなことを言って、訳の分からない、ではないけど、そんなことを書きなぐったホワイトボードを叩いて、力説するのは、我が夫のユキと、友人であり、勇者であるタイキだ。

「で、勇者については分かったけど、あなたやタイキがなんで……」

私がそう言って横に視線をやると、タイキの奥さんであるアイリが不安げに後の言葉を続ける。

「なぜ、すでに勇者であるタイキ様や、神の使いであるユキ様がその……」

そう、その言葉の意味が分からない。

彼らはなぜか、本日休みを求めた。

珍しいことだった。

本来、働きっぱなしの勤勉な夫が、わざわざ勇者であるタイキを連れて、揃って今日は休むと言ってきたのだ。

まあ、別に休むことを咎《とが》めたりはしない。

というか、もっと休んでもいいと思っているぐらいだ。

だけど、その理由が問題だった。

私的には、ただ休みが欲しいーという理由ぐらいなら、仕方ないわねーぐらいで許可したと思う。

でも、でも、２人が言った言葉は……。

「「もう一度、勇者になるんだ」」

意味不明だった。

だから、いったいどうしたの？　と問いただしたら、このような「勇者」の説明が始まった。

何を間違ったのだろうと考えるが特に思い当たることもなく、こうやって、夫とタイキに聞くしかないのだ。

「全然、今までの説明は、説明になっていないわよ。なんで、あなたやタイキがもう一度勇者になるのよ？」

私が言葉に詰まるアイリに代わって話を続けるのだが、夫は不思議そうにして、口を再び開く。

「いや、あれで説明が終わりとは言ってないぞ」

「は？　でも、勇者の本来の意味は終わったわよね？」

「終わったな。だが、あれは説明の前置きだ」

「前置き？　どういうことよ？」

さっぱり意味が分からない。

何をどうすれば、1日の休日を取ることが勇者になることに繋がるのよ‼

「まあまあ、ところで、セラリアはこの勇者という意味は知っていたか？」

「それは知っているわよ。でも、私たちにとって、それは遥か昔の話。現在のこの世界にとって勇者とは、英雄を超える者を指す言葉。勇者、それは、世界のすべてが絶望に沈んでいようが、それらを引き上げ、周りに勇気と希望を与え、自らがそのあり方を示し、邪悪を滅し、正しきを示す。そして何人も成しえなかったことを成す。まさに、比類する者なし、それを表す称号よ」

私は小さなときに読んだ本に書かれていた内容をそのまま言った。

今でもはっきりと覚えている。

母が嬉しそうに、読み聞かせてくれたのだ。

勇者、それはそれだけで、勇気と希望を与える素晴らしいものだと。

まあ、現在色々あって擦《す》れてきているけどね。

いや、現実を知ったというところね。

でも、夫のユキの方が数百倍かっこいいし、凄いけど‼

「それだ、それ。その勇者」

「はい？　おとぎ話の勇者がどう該当するのよ？」

本当に意味が分からない。

「いや、その概念はどこから来たのだろうとか思わないか？」

「はい？　昔話とかおとぎ話だし、戦意高揚のための作り話でしょう？」

「そう、でもだ。それなら大英雄‼　とかでいいだろう？　なんで勇者なんて、大勢を指す言葉が選ばれたんだろうな？」

夫の質問に私は答えられず首を傾げ、口を開いた。

「……なんで？」

「……そういえば、変な話ですね。ユキ様の言う通り、大英雄とか王とかの方が、国としては支持を得やすいし、分かりやすいと思うのですが」

アイリの言う通りだ。

戦意高揚とかのためなら、将軍とか王を主人公にした方がいいし、大を付けた英雄の方が分かりやすい。

なぜ、わざわざ該当者の多い一般的に呼ばれていた「勇者」が特別になったのかしら？

「たぶんだが、俺とタイキ君にはその理由が推測できる」

「いや、なんで、休日を取りたいって話が、勇者になるに繋がって、勇者という言葉に特別な意味が広がった理由を推測できることに繋がるのよ」

何度も言うけど、意味不明。

でも、こういう時の夫は変に納得のできる説明を持っていたりするから、話を聞いてみる。

「おそらくだが、その勇者という一般的な言葉に特別な意味を持たせたのは……」

「俺たちと同じ異世界からの人だったんじゃないかと思います。しかも、結構俺たちと、同じぐらいの文明というか、ほぼ同じで、というか日本、ちょっとだけ違った世界、世界線がコンマ単位でずれてるような感じで」

「……あのー、タイキ様。全然分かりません」

「もっと分かりやすく教えてくれないかしら？　まあ、異世界からの人が勇者というただの言葉に特別な意味を持たせたという理屈は分かるし、そういう理由なら、勇者というのが特別になったのも分かるわ。だって、本当に勇者と名乗る人がそれだけのことをしたってことだから。で、それが何で日本に関係しているのよ？　というかなんで日本限定よ。他の外国でもいいでしょうに」

私がそう言うと、夫はふっふっふっふっと笑い始めた。

「違うんだよなー。勇者という言葉が、別枠、つまり兵士とか一般的なことを指す言葉でなく、セラリアの言う通り、比類なき大英雄みたいな表現をしているのは、日本だけ。しかもここ50年の間だけと限られるのさ。他の国は勇者はヒーロー、つまり英雄と言われている」

「は？　なんでよ？」

「簡単な話だ。その真の勇者を日本中に知らしめる、物ができたんだ。だから、勇者という単語が特別な意味を持つのは、日本だけ。まあ、世界はどこまでも広いから絶対とは言えないけど、ここまで日本からの召喚率《しょうかん》も高いし、召喚される納得できる部分もあるしな」

「え、えーと、ひとまず、勇者という言葉が日本で特別な意味を持っているのは分かったわ。でもなんで、日本からの召喚者が多いとこが納得できるのよ？　確かに、タイキやタイゾウ、そして歴代勇者の名前も今思えば日本人ぽい名前だと思うわ。その理由が分かるの⁉」

勇者の意味より大きい話が出てきた。

なに、どこに日本人が呼び出される納得できる理由があるの？

「いや、考えれば当然なんだが。召喚ってさ、それはまあ悪く言えば、自分のためになる相手を呼び出したいんだろう？」

「それは、まあ、そうよね」

国とかでも呼び出す話はある、しかし、言い方は悪いけど見方を変えれば、国のためというのは、王の望みを叶えるため。

「つまり、自分に従ってくれる、都合のいい相手が好ましいわけだ」

「……そうね」

あ、なんか分かってきた。

「その召喚相手は、役に立つことは当然だけど、無論、自分たちに危害を加えない、というのが大前提だよな？」

「ええ」

「さて、数多《あまた》世界はどうなっているか知らないけど、おそらく日本という環境は、抜群に都合がいいんじゃないかと思う。文明的にも、知識的にも、個人の資質的にも」

「……」

「そうだろう？　だって、超文明から連れてきても、きっとその星から救援が来る。それは星の危機だ。これは該当しようがない。なら、そういう危険がない文明レベルが好ましいが、同じような文明レベルでは役に立つか怪しいし、腕の立つ者が素直に言うことを聞くとは思えない……」

「待って」

そう言って、深呼吸をする。

夫の話を聞いて、胸糞が悪くなってきた。

自分たちという生き物が非常に悪辣であると自覚してしまったから。

だから、私は夫の代わりに話を続ける。

「つまり、その要求を満たしているのが、日本人のしかも学生に多いということね？」

「当たり。ま、気にするなよって言うのは無理か？　旦那としては気にしないで欲しいんだが」

「無理ね。私は、いえ、私たちはそんなことをしていたのね。文明レベル的に救出する術のない世界であり、それでいて、平和な世界で育ち、人を助けるということが当然で、知識という宝を伝えることこそが大事と教えられた子たちを、便利で使いやすいからと、好んで選んで、私たちは本人たちが言う勇者として祭り上げてきたってわけね？」

こんなに自分の口から言葉を出すのがつらいと思ったことはないわ。

「……そんな」

アイリは信じられないといった感じであり、かなりショックを受けている。

だって、彼女の夫はその日本からの勇者なのだから。

「……絶対ってわけじゃないけどな」

「気休めはいいわ。どう見てもその通りじゃない。私たちの世界はことあるごとに、日本で平和に生活していた学生を攫ってきては、戦場に送り込んでいたのよ。使いやすいからって理由でね。タイキという生き証人もいるし」

「ご、ごめんなさい。タ、タイキ様……」

悪辣なんて言葉じゃ足りないわね、ゴミ畜生にも劣る所業だわ。

……ユキが召喚系魔術の取り締まりを強化したがっていた本当の理由はこれか。

王家の秘蔵の術式とか、全部ぶっ壊すしかないわね。

ああ、だから実力行使も避けて、外交力を高めていたのね。迂闊《うかつ》に武力で各国を圧せば、勇者という切り札を呼び出す馬鹿がいる、タイキの所やルーメルのように。

そうなれば……最悪、日本人同士での殺し合いに……。

ああ、気持ち悪い。最低。

「ま、そこはいいんだよ。現状を理解できない馬鹿が悪い」

「ですねー。というか、君こそ勇者だ。とか言われて、そのまま素直に鵜呑《うの》みにする馬鹿はそのまま死んでいいと思いますよ？」

私とアイリは自己嫌悪に陥《おちい》っていたけど、そんなことはどうでもいいと言わんばかりに話をする2人。

「「はい？」」

私たちが目を点にしているのをよそに2人は話を続ける。

「大事なのは、この勇者。そしてそれが今回の休日要求に繋がる」

「そうなんですよ‼　アイリもそんな知能が足らない奴らのことはほっとけ。騙《だま》される奴が悪い。で、その勇者という特別を広げた原因がこれなんですよ‼」

バン‼

そんなふうに2人が両手に持ってかざしたのは……。

「「ゲームソフト?」」

だと思う。だって、なんか色々種類があるから、見覚えのある形のやつは全部ゲームソフトのはずだったから、同じ形をしていて見たことのないコレもきっとゲームソフトなのだろうと思ったのよ。

「そう‼　これこそ、日本のコンピュータゲームでの、ロールプレイングゲームの始祖とも言われ、代名詞でもあり、今なお人気は衰えないどころか、まだ上がっている‼」

「ええ‼　子供たち、いや大人ですら、今でも夢中になっている‼」

「「その名もドラゴンク◯スト‼」」

……なにこれ?

えーと、そのタイトルは聞いたことがある。

夫も何度か嬉々として話してくれたから、でもアンマリ興味はなかったから聞き流していたわ。

「これこそが、真の勇者のバイブル‼　聖書‼」

「いや、言い直さなくていいわよ。同じ意味だし。で、なんでゲームが真の勇者の聖書なのよ

「……」

「セラリア、このゲームはな、勇者という言葉を特別に押し上げたんだよ。セラリアの言う通り、勇者とは、英雄を超える者を指す言葉。勇者、それは、世界のすべてが絶望に沈んでいようが、それらを引き上げ、周りに勇気と希望を与え、自らがそのあり方を示し、邪悪を滅し、正しきを示す。そして何人も成しえなかったことを成す。まさに、比類する者なし、それを表す称号。そのあり方がこのＲＰＧにはあった」

……えー。

「そうなんだよ。ユキさんの言う通り、アイリ。このゲームは凄いんだよ‼」

「は、はい。タイキ様が凄く好んでいるのはよく分かりました」

アイリもタイキの剣幕に押されている。

いや、なんで２人とも揃いも揃ってそんなことを言うのかしら？

「ねえ。そのゲームが勇者という特別な意味を広げたっていう話は……まあ分かったわ」

信じてないけど。

なんでゲームの言葉が代名詞になるのよ……。

「で、なんでそれが、今回の休みたいって話に繋がるのよ？」

「あれ？　言ってなかったっけ？」

「何も聞いていないわよ」

「出るんだよ‼」

「何が出るのよ」

「もちろん、このドラゴンク○ストの新作が‼」

「……あー」

なるほど。

そういうこと。

理解した。

私、セラリアはその時やっと理解した。

「その新作の発売日が今日なわけね」

「そうなのですか？」

「「そうです‼」」

夫は言っていたっけ。自分が小さい頃からゲームをしていたって。

つまり、2人にとっては、ゲームが私にとっての物語だったわけだ。

母に聞かせてもらうでなく、その手で動かして、世界を冒険して、勇者としてゲームの世界を救ったのだ。

たぶん、当時の2人にとってはそれは凄い影響があったのでしょうね。

私だって物語だけであれだけの影響を受けたのだから。

これは止めるのは無理ね。

「分かったわ。別に危険なことじゃなさそうだから止める理由もないわ」

「ですね」

「「やったーーー!!」」

休日の許可が貰えて喜ぶ2人。

でも……。

「ただし、私たちも一緒にそのゲームで遊ばせて。あなたやタイキがそこまで言うのだから、面白いんでしょう?」

「もちろんいいぞ。セラリアも勇者になってみるといい」

「ゲームの世界で? ダーク系みたいじゃなくて?」

「あれはあれで楽しいが、勇者の本家は物語も熱いぞ」

「あら、楽しみ」

私がそうやって話している横で、アイリもタイキに同じような話をしている。

「わ、私が勇者ですか? その、いいのでしょうか?」

「ああ、いいんだよ。それがあのゲームなんだから」

さて、今日はゲーム三昧《ざんまい》になりそうね。

……真の勇者ね。

夫が言っていた該当者って、もしかして、このゲームをしている人も含まれる、なんてことはないわよね？

それだと、日本に山ほどいそうだわ。

だって、日本で知らぬ者なんていないんでしょ？

ドラゴンク○ストって。

落とし穴64掘：仮説　召喚条件、およびアロウリトの傾向について

ｓｉｄｅ：ユキ

先日は、新作のドラ〇エのことで頭いっぱいだったけど。

今思えば、この前適当に発言した、召喚の話は結構、考慮する余地があるのではないかと思って、ここにまとめようと思う。

さて、まず、召喚という事柄について考えてみよう。

召喚とは、人を呼び出すこと。上位者が目下の者を呼び寄せる、という意味があり、この時点で、上下のついた関係があるということ。

つまり、基本的に召喚される側というのは、呼ぶ方にとっては、目下、格下という認識があるということ。

まあ、物語では大体、力を感じて、最初から主従を受け入れた上で呼ばれるというのが当然である。という常識があったりする。

だから、王や、王女、召喚士など、呼び出す側が、呼び出した側は従うべしという態度であるのは至極当然ともいえる。

ということは、基本的に、呼ばれて礼を尽《つ》くされ、歓待される勇者という人物の方が召喚さ

れる側では珍しいということになる。

さて、召喚の言葉が持つ意味は分かった。

ならば、次はなぜ異世界から召喚をするという、常識的に考えても人を誘拐するという愚行に出るのかを考えよう。

実際のところ、呼び出す側は人を召喚対象としている時点で、誘拐という罪であることは理解しているのだ。いや、人でなくてもか。相応の知識と理性、社会性があればそれらは、誘拐と判断しなんらかの行動があるだろう。

だからこそ、異世界であるのだ。

たとえば、現在の地球で各国の人間を誘拐したことがある某国はかなりの外交圧力を受けているし、心証もよろしくない。

ましてや、人の手に負えない、ドラゴンなどがいる異世界で、召喚域を自らの世界のみとした場合、自国の手に余る、直接被害が出かねない、他国の王族や、怪物を呼び寄せる可能性があるのだ。

たとえ、他国の王族が召喚に応じ、友好的であっても対外的にはどう見ても要人の誘拐であり、国としては絶対になあなあで済ませてよいことではない。

つまり、召喚をするのであれば、自分や関係各所に迷惑が掛からない所から呼び出さなければならないという、条件が生まれる。

好き勝手、自由に相手を選んで召喚できるのであれば、勇者ではなく、敵の将軍とか、敵の有力者をかたっぱしから呼び出して、万全の状態で倒してしまえばいいってことになるからな。

だから、ある程度しか条件を絞《しぼ》れないとなれば、この自分の世界から呼び出すのは避けた方がいい。なので、異世界からという条件が当たり前につくのだ。

さらに細かく言うのであれば、セラリアが言ったように、その異世界がこちらに干渉《かんしょう》できる能力、技術がないことが条件だ。

そうしないと、適当に理由をつけて攻めてくるだろう。

自国民が攫われていると分かったら、大義名分のもと、堂々と正義を掲げて動けるから。

これは地球も同じだと思う。

地球が異世界という、数多資源の宝庫と繋がるなら、これ以上ないぐらいの、干渉理由だ。

地球のどこの国とかは関係ない。

どこかの国の人が誘拐されているという事実があれば、同じ地球に住む人として許しがたいと言えばいいのだ。

まあ、その入り口がどこかの国限定で開くのであれば、利権の関係で内輪揉めだろうけどな。

これで、異世界という場所から人を連れてくる理由は分かったが、メリットとしてはまだ薄い。

さらに条件付けが必要となる。

今のままでは「意思疎通ができる人」「向こう側から干渉できない異世界」、これだけでは国や召喚者が求めるモノの条件が含まれていない。

これらはすべて、前提というやつである。これを決めておかないと話にならない。

つまり、次からが、呼び出す側にとっての希望の条件となる。

まあ、用途によりけりだが、単純に多いのは「強さ」だろう。

なぜかというと、文明レベルの低い所での絶対的な基準であるからだ。

知識もなくはないが、文明レベルの低い所が呼ぶのだから、自分たちより進んだ文明というのは想像できないのだ。

これは、逆の意味でもあり、進んだ文明の所が召喚技術を持っていても、召喚することはないのだ。

だって、どう言い訳をしようが誘拐である。

地球レベルの文明を持っている所では、どこをどうしても非難の対象であり、それを無差別に行える技術ができたということは、非常に恥さらしである。

まあ、悪いことに利用するというのも考えるが、前述にもあったが、それは個人を指定できればであり、下手をすれば国家間や星間戦争の引き金になりかねないことは、想像に難くないだろう。

一定以上の文明に至れば、自分たち以上の技術というのがあっても不思議ではないと判断できるが、文明レベルが低いと、自分たち以上の文明、技術というのは想像できないのだ。下地自体がないのだから。

なお、偶発的な事故などは今回の話に含まない。

というわけで「強さ」という条件がきて、知識なんてそこまで変わらないだろうという認識で条件に入ることは低い。

知恵はありすぎると呼び出した本人をも脅《おびや》かす可能性もあるからな。

なら、他には「こちらの言うことを聞いてくれる。願いを叶えてくれる」という条件になる。言い方を変えれば「何でも言うことを聞く」である。自分にとっての手足、兵隊、部下が欲しいのだ。

別の言い方をすれば「深く考えない」「単純」「平和的な思考」と言ってもいいだろう。

他の細かいことは色々あれど、大まかな、召喚するときに付けるべき条件であろう。

「意思疎通ができる人」「向こう側から干渉できない異世界」「強さ」または「能力」「何でも言うことを聞く」

以上が、おそらくは文明レベルの低い世界が召喚に付けている条件である。

まあ、「強さ」については「能力」でもいいが、これは知識も他のモノも含まれるので、あまりよろしくない。

タイキ君はたぶん「能力」だったんだろうな。

さて、これらを踏まえて、どのような人物が相応しいか考えてみよう。

・意思疎通ができる

これはお約束で、異世界へ移動する際に言葉が分かるようになるというおまけもあるが、そういう意味ではない。

文字通り、言葉が分からなくても意思の疎通ができるかである。

言葉なんかなくてもボディランゲージでもいい、つまりは一定以上の「知性」「理性」を持つということである。

・向こう側から干渉できない異世界

これは、前述でかなり説明したので、簡略に書く。

高すぎる文明、技術がある所からは人を呼ばない。本人たちは意識していないかもしれないが、端的に言えばこんな感じである。

・強さ、能力

これらがなければ呼び出した召喚者の望みは果たせない。

しかし、「強さ」「能力」はあくまでも呼び出す側の基準、望みに合わせて左右されるので、明確に記すことはできない。

しかも、異世界から呼び出す者は、何らかの補正がかかる可能性もあり、元の世界での優劣など判断基準にならないだろう。

これらは、世界に等階級などをつけて、存在する世界そのものに力の基準があり、下位の世界から上位の世界のモノを引っ張ってくれば……などという説があるが、まあ今回の件には直接関係がないので省く。

・なんでも言うことを聞く

最後にこれである。自分たちの言うことを聞かないのであれば、呼び出した意味がないからであり、重要な条件の一つである。

しかし、なんでも言うことを聞くという人物はどのような人なのかと問われると、それは人によりけりであり、「お人よし」「深くは考えない」などと、良い解釈と悪い解釈どちらも存在し、報酬《ほうしゅう》の有無にもよりけりなので、呼び出す側のイメージに合わせて色々変わるのだろう。

さて、これらの条件を満たした者が呼び出されるわけだが、まあ、例外は省くとして、これだけでは「日本人」が呼び出される確率は決して高くはないだろう。

これからの、考察点はなぜ「日本人」が呼び出されるのか？　という点である。

まあ、これはほぼ考察することもないのだが、一応説明する。

ドラク〇の一件で「勇者」という条件が「日本人」に絞っているからだ。

特別な「勇者」という意味を知っており、前述にあった条件を満たしているとなると「日本人の学生」が多いわけだ。

世の中、世知辛《せちがら》いもので、勇者という者へ純粋に憧れを抱ける者は日本人であっても少ない。

言い方が悪いが「勇者」に憧れている奴は、現実を見ていないアホなのである。

全員が現実を見ていないとは言わない。その矛盾を抱えて、そのあり方に生涯をかけて「正義の味方」であり続けた人物も存在する。

そう、「正義の味方」と「勇者」はある意味同じである。

この細かい説明はまた長くなるので割愛《かつあい》するが、どっちも大人になるにつれ、その矛盾や難しさ、現実を知り諦めるのだ。

ということで、「勇者」の負の側面を知っている者は、そう呼ばれて素直に喜ぶことはない。

それを考えない、愚か者が呼ばれるわけだ。

まあ、愚か者はその使われている事実にすら気が付かずに、自分の都合のいいように考えるから無縁の話ではあるだろうが。

さらに「勇者」と呼ばれるか、名乗る「初めの人物」が呼ばれた経緯は、偶然と言うしかない。

鶏が先か卵が先かという話になってしまうからだ。

ここで話しても推測でしかないのだ。

もちろん、「勇者」として呼ばれる「日本人」の話も推測でしかないが、今のところ状況による証明で事実に近い見解ではないと思っている。

以上が、アロウリトに「勇者」という名目で呼ばれる「日本人」が多い理由、推測である。

最後に、ドラク○の件で「自己責任」と切って捨てたわけだが、その理由は決して、ドラク○がさっさとやりたいという理由ではなく、ちゃんとした考えの下、思考するに当たらないとして、切って捨てたのだ。

そう、深い思考の果ての答えなのだ。俺もタイキ君も。

それを説明したいと思う。

そもそも、人が言う「正しさ」というのは自然界に存在しない。

いや「善悪」というものが存在はしない。

この「善悪」は人が社会を作って生きる上で必要なだけである。

ある種の暴論ではあるが、人の社会で生きないのであれば「善悪」は必要ない。

「生」と「死」があるだけだ。

さて、これで分かると思うが、「善」も「悪」も人が用意した物に過ぎない。

つまり、その社会で生きる人たちの意思が反映されて「善」と「悪」が決まっているのだ。

これは歴史を見れば簡単に分かるだろう。

地球という社会ではすでに忌むべきあり方である「奴隷」も、遥か昔、ではなく、100年そこら前までは普通に存在していたのだ。

これは社会にとって「奴隷」を是としており、社会的に「善」であっただけだ。

しかし、これは現代にとって「悪」とも言うべき、忌むべき事柄として扱われているのは周知の事実である。

この話は詳しく話すと長くなるのである程度省略して、人権や社会構造、その他の色々な要素が絡まって覆されたわけで、ただ間違っている「悪」であるから正されたわけではないと言っておこう。

さて、難しい話をしたと思うが、これらは日本人の学生であるなら、中学どころか、小学校でも習う話だ。

歴史という知識として、これをどう捉えて考えるかは個人次第だ。

すでに、一般的な教育を受けているのであれば、考えられる下地は与えられている。

人の社会による「善」「悪」など、その時の価値観で決まり、それに不満があれば革命などの反発でコロコロ入れ替わるモノだ。

以上の理由により、俺は勇者だから正しいんだ‼　などという日本人がいれば、そもそも面汚しである。

諸事情により、タイキ君みたいに愚者を演じなければならないというのであれば仕方ないが、それを選び取ったのは他の誰でもない、本人である。

文字通り自己責任だ。

ただ、奴隷として召喚され従うしかない状況ならともかく、「勇者」という特別な存在として呼ばれた奴に、他の選択肢を手に取る機会がないわけがない。

こちらとしても、対峙すれば温情措置による勧告などはするが、一度だけだ。

自分で選んだ道に責任を持て。それだけの話。

というわけで、相手が日本人でも躊躇《ためら》うことはないので、そこら辺の心配はいらない。

side：クリーナ

ユキがまとめた召喚に関する報告書を読んで思った。

「……ユキがいた世界は怖い所」

「……ですわね」

隣で一緒に読んでいたサマンサも同じような意見らしい。

「このような話を、10そこらの子供が学習しているということが驚異ですわ」

「……しかも、学習の一部にしか過ぎない」

これに加えて、数学、科学、と細分化すると果てしない。

「つまり、ユキ様がいた世界にとってはこれが当たり前」

「……ユキの世界ではこれを当然として、さらに研鑽《けんさん》がいる。ごく一部がこの世界にとって使いやすいだけで、他はすべてこの世界にとってはけた違いの知恵者ということになる。これは、セラリアの言う通り、召喚系に関する取り締まりが非常に大事」

「そうですわね。セラリア様はユキ様が同郷の相手と戦うことを避けるためでしたが、おそらくは……」

「この報告書には抜けているところがある。おそらくはユキがわざと記していない。呼び出される日本人がすべて愚者か協力者の二択になっている」

「ユキ様やタイキ様、そしてタイゾウ様にとっての一番の難敵となり得るのは、自ら考え、進んで敵対する者」

「……そう。彼らと同じ、知識や思考を持つ、日本人に他ならない」

「おそらくは、この報告書を読んで、私たちが日本人に対する躊躇いを覚えることを察しているのでしょう」

「……だと思う。だからユキは記している。敵となるなら、容赦《ようしゃ》はしない。と」

私たちが躊躇い致命的になる前に、さっさと殺すと書いてあるのだ。

……一度の勧告。

ユキにとっては少なすぎる温情措置だ。

ポープリ学長は何度も警告された。ヒフィーも同じ。しかし、ユキは相手が日本人の場合は一度と明確に記してある。

これは、ユキがマズイと思ったら、即座にやるということだ。

「私たちはこの覚悟に口を出すべきなのでしょうか？」

「……分からない。でも、ユキはきっと苦しむ。それを放っておくわけにはいかない。私たちは奥さんだから」

「そうですわね。それが愛というものですわよね‼」

「うん。そうだと思う」

明確な答えなどない、人によって善悪は変わる。

ユキの言う通りだ。

だから、私たちはユキの傍《そば》にいようと思う。

……それが私たちの、私の気持ちだから。

第382掘：続・困難な任務だったぜ（棒読み）

side：スティーブ

まったく、面倒な。

おいらたちの手の中には、魔剣のパーツがある。

まさか、なんて言ったりしないっすけど、ここまで簡単に手に入るとは思わなかったっすね。

（どうしますか？）

（別行動している方を合流地点に呼び戻して、これを持って帰らせるっす）

さすがにこのレベルの情報となると、現物を送り届けるのも大事になってくるっすから、いったん集まって、状況を確認して、送り届ける人員を用意しないといけないっす。

（おいらたちもいったんここから離れるっすよ）

（了解）

残っている建物にはおそらく残りのパーツがあるんだろうっすけど、下手に欲張るわけにはいかないっす。

送れる情報を送ってからまた調査をする方が確実。

帰ろう、帰ればまた来られるから。っす‼

あれ？　なんか状況が違う気はするっすけど、たぶん意味合い的には変わらないからＯＫで。しかし、最初から潜入されていることすら気が付かれていないので、簡単に合流できたんすけどね。

ああ、そういえば、罪を犯した人が捕まるのは、犯罪、事故、事件を起こしたことがばれるからである。なんてことを聞いたことがあるっすね。道理といえば道理っすね。

起こったことすら知らないのなら、手の打ちようがない。

あれ？　これも、何か違う気がするっす。確か完全犯罪のやり方だったっけ？

まあ、いいや。

おいらがクソ忙しいのには変わりないし。

（じゃ、居住区は特に深く調べるような施設はなかったと）

（そうです。えーと、なんて言うんでしたっけ？　ああ、長屋みたいな家が並んでいて、何軒か中に入って調べましたけど、まさに居住区って感じでした）

（……みたいっすね）

合流して、居住区と思《おぼ》しき場所を探ったチームは、この証言の通り、特に目新しい物はなかったみたいっすね。

渡された写真とかを見ても、本当に居住区って感じっす。

ありがたいのは、この大陸の文明レベルっすね。

文字の読み書きをできるのはごく一部とまでは言わないっすけど、そこまで多くないし、文字を書く道具も手軽には手に入らないっす。

だから、部屋を漁って、資料が出ないのであれば、よほど特異な相手でもなければ調べる必要はなしと判断できるっす。

これが、教育が行き届いたウィードだったら、全部の家をくまなくって感じになるっすから、地獄っすね。

ちっ、ノーブルとかいう奴め、こういうところをサボってやがったっすね。

居住区の方が大変だと思ったのに……ちっ、おかげでおいらが貧乏くじっす。

（何か問題でも？）

（いや。話や情報を見る限り、これ以上居住区を探るのは割に合わないっすね。よって、居住区の部隊はおいらたちが手に入れてきた、パーツの現物を持って撤退。大将たちに届けたあとは、入り口地点を見張っている部隊と合流して、おいらたちの撤退援護準備をお願いするっす）

（了解）

（陽動用の仕掛けはどうなっているっすか？）

（当初の予定通りに、設置してあります。いつでも任意に使えます）

（うし、その権限はおいらに渡して、そっちは撤退を開始、その際、門、出入り口に動きがな

いかも確認忘れるなっす。何かあればすぐ連絡を。おいらたちは、怪しい工場内をもっと詳しく調べてくるっす）

（了解。どうぞお気を付けて）

そんな感じで、片方の部隊が撤退するのを見送って、肩をぐるぐると回す。

（肩こりですか？）

（そらそうっすよ。お前も面倒な方を引いたっすね）

（ま、残業には慣れてますからねー）

（……それは、それで問題なんすけどね）

立派な社畜がここに1匹。

……部下としては幸せみたいなんすけど、これは上司としてはなんて声を掛けるべきっすかね。

（侵入ルートはどうしますか？）

（そうっすね……）

とりあえず、そこはいったん置いておこう。

ここで考えたところで、待遇が改善するわけでもないし、ここら辺は魔物労働組合でも作ってそこら辺に丸投げするのがいいと思うっす。

今の仕事の上、そんなことまでおいらがやってたらきっと過労死するっす。

今は、お仕事に集中するっすよ。

この考え事のせいで「！」が出て見つかるとかは避けたいっすからね。

スティーブ!!　スティーーーブ!!とかに無線でなるのは勘弁《かんべん》っす。

（とりあえず、わざとさっきと同じ順路を辿るっす。敵がおいらたちに気が付いているかの確認っすね。その状況次第で、ルートや方針を変えるっす）

（了解）

パーツを拝借した時は気が付かれていなかったっすけど、後で気が付いて、工場の動きが変わったら、おいらたちの潜入に気が付いていなくても、色々行動が変わるはずっす。

そこら辺の推移を聞いておくのも間違いじゃないっすね。

運が良ければ、誰が工場の管理者なのかも辿れそうっすから。

（特に工場前までは動きはないですね）

（そうっすね。まあ、時間は2時ぐらいっすからね。まだまだ、お仕事の時間でしょうよ）

（こっちは9時5時なんて時間は決まってないですけどね）

（言うなよ。泣きそうになる）

9時5時で仕事が終われるところは日本じゃ幻、ホワイト企業なんて存在しないっすよ。

日本でそれなのに、ウィードでは日本で言うところの国家公務員と言っていい魔物兵隊がそんな時間に上がれるわけないっすよ。

日本みたいに、絶妙なバランスで武力行使をするのに数多の制限がある訳でもないし、準敵対国は多いし、野生の魔物さんも多いし、治安もよろしくない。

まさに、休む暇《ひま》なしっす。

いや、まあその状況の中でもちゃんと休みもあるから、大将はそれなりに気を配ってはいるんだろうけどね。

というか、しれっと、おいら経由で大将に苦情言えって言ってないかね？　君？

(今日、デートだったんですよ)

(よし、光学迷彩を解除して、１人でリア充になってすみません。って言いながら囮になってこい)

(冗談ですよ)

(本当っすね？　１人で幸せになろうとか、そんなことを考えていないっすね？)

(……本当ですよ)

あん？

今こいつ顔逸らしたっすね？

(そっちだって、アルフィンさんと同居じゃないですか)

(……世の中難しいんすよ)

本当に世の中難しい。やれ女だと言っても、手元に来る女性がなー。

さすがにあれに手を出すほど落ちていないっす。

というか、手を出した途端おいらきっと死ぬっす。

主に、姐さんたちの手によって。

（はぁ、世の中大変ですねー）

（そう、生きるってのは大変なんすよ）

（だけど、思ったよりハンドサインで話ってできるものですよね）

（いや、ハンドサインに魔力を乗せて言葉送ってるだけっすからね。これで、無線機、魔力関連の傍受を防げるっす。電波ってのは無作為に周囲に飛ばすし、魔力での広域連絡は魔力感知が高い人に傍受される心配があるっすけど、このハンドサインなら……）

最低出力で、言葉だけを魔力に乗せて、近くの相手に送れるっす。

完全に、近距離使用だけに特化しているので、傍受の心配もない。

大将やザーギス、ナールジアさんが傍受できないか色々試したっすけど、ハンドサインの内容を読み取る前に、自然に存在している魔力などの雑音に阻まれてかなり難しいらしいっす。

最近ようやく、実証実験が終わって、実戦投入がされたってわけっす。

今まではコールや無線機が主流だったんで、会話するにも周りにも気を遣わないといけなかったっすからね。

（なんだかんだ言って、大将も俺たちのことを色々考えてくれているんですねー）

すよねー。

（ま、そうっすね）

……あの大将の本音はいかに楽ができるかの一言に尽きるっすけど、部下には言わぬが花っ

ま、おいらたちが戦死しないように気を配っているのも事実ではあるし、いいっすけど。

（さて、雑談はここまでっすね）

（はい。特に目新しい動きはないです。予定通りに潜入していいと思います）

工場前で雑談しながら、しばらく様子を窺っていたが、特に変化はなしと。

（まったく、動きの1つでもあれば回れ右したんすけどね）

（いいじゃないですか。これでお仕事がさっさと終わると思えば）

（前向きでいいっすねー。なら、さっさと終わらせますか。帰ったら1杯奢るっすよ）

（楽しみにしときます）

さーて、お仕事の続きでもしますかねー。

あー、昼食休みの後の、まだ半分かーって感じ。

ということで、予定通りに同じルートを再確認しつつ、動きを見て回るのだが……。

（平和ですね）

（そうっすね。お仕事をずーっと頑張っている皆さんの姿がまぶしいっす）

警戒をしていた変化も見当たらず、せっせと仕事にいそしむ労働者の姿が見えただけだった

っす。

なんか、あの間に入って、パーツを拝借したことに罪悪感が湧《わ》いてくるっすね。

仕事の邪魔をしたという認識が……。

（で、どうするんですか？　一応、通ったルートは特に問題はなしですけど）

（予定通りに残りの中身も確かめるっすよ。残りのパーツはぜひとも手に入れたいっすからね）

（……魔剣用のコアがあると思っているんですか？）

（絶対じゃないっすけどね。防衛体制とかをみると、ここでいっぺんに揃えた方が楽っす）

そう、おいらの目的は、残りのパーツ。

魔剣を魔剣たらしめる、元、ダンジョンコアっす。

魔剣を量産しているということは、その生産場所があるとは最初から言われていたことっす。

運が良いのか悪いのか、その生産場所に当たったおいらたちっすけど、こうなったら、相手の生産力をしっかり把握する必要があるっす。

ここをしっかり調べることで、かなり大将たちが有利になるっす。

（ここからは、多少の無茶も押し通すっすよ）

（了解）

そう言って、慎重に残りの倉庫らしきものを調べて行くが、どれも本物の倉庫だったたっす。

今まで見てきた、工場から箱詰めされたパーツをこちらに集積しているって感じっすね。

(ちっ、やっぱりそうは上手くいかないっすね)

(そうですね。ここではパーツだけを生産して、起点となるコアはまた別みたいですね)

はぁ。そう言えば、あの劣化魔剣は損耗率が高いとか言っていたし、パーツごとに作って、すぐに修繕できるようにしているっすかね。

まあ、軍に配備するような感じだったっすから、それぐらい整備性がないと戦場では邪魔になるだけっすよね。

(ま、それが分かっただけでも儲けものっす。一度撤退して、また潜入計画を練り直……)

そう言い掛けた時、倉庫に立つ兵士の声が聞こえる。

なにやら、誰かと話しているようっす。

「はあ? 今日の持ち出した数量を覚えているかって? なんでまた? 規則通りの記載はしたぞ? ちょろまかしたりなんてしてないぞ、命は惜しいからな」

「いやいや、そういう話じゃない。上の方で何やら問題が起きてな、再確認中らしい。俺たちに何か問題があったわけじゃない」

んー?

なんか、数量の間違いでもあったっすか?

ウィードでも同じようなことがあったらどこでミスがあったか徹底的に洗うっすからね。

ラッツ姐さんの商店の商品を横流ししようとしていたアホは、あっさり捕まったっすけどね。大事だよね、記載とか再確認とか。

おいらたちだって、使用弾薬の数とか報告しないといけないっすから。

よほどの事態でもない限り、日本の自衛隊と同じように、薬莢《やっきょう》回収も厳命されているっすからね、おいらたちの技術を少しでも知られないために。

めんどー。二次大戦中の日本軍よりは、まあマシなんだろうっすけど。

あの人たち、マジで戦場の中で、薬莢持って帰ってこいって言われてたみたいだし。

よう、そんな状況で戦争続けようと思ったっすよね。

「ほっ。ならいいや。えーと、確か……」

「……ふむふむ。ありがとう」

「いや。まあ、記憶だからそこら辺もズレがあるかもしれないぞ」

「分かっているさ。それでもって話さ」

「そうか、お前さんもこれからお偉いさんと会うんだから大変だな」

「ま、これも仕事だから仕方ないさ」

どこも下っ端は大変っすね。

同情するっすよ。

（さて、これ幸いに道案内ができたし、予定を変更して追うっすよ）

（了解。待機部隊に連絡します）

遠ざかっていく、下っ端の使い走り。

はぁ、敵さんも9時5時って法律制定されないっすかねー。

8時間労働、全世界共通でお願いするっす。

まあ、昼休みも絶対入れないといけないから、1時間は延びるんすけどね。

さて、おいらも下っ端さんを見習って、一生懸命働きますかねー。

第383掘：知るということはいいことだけではない

side：ユキ

俺が珍しく、というわけでもないが、執務室で資料を真剣に読んでいる。

大体片手間で、よそに回すのが俺のウィードでの役どころだ。

そもそも、面倒事を自分で処理したくないから、奴隷を引き取って、後はてめえらで好きにしろよ。と、したぐらいだ。

俺にとってウィードはDP回収場所でしかない。

それを楽にする方法として、ダンジョンに人を呼び込んだわけだ。

特に国や街を作りたかったというわけではない。

俺が望む答えの過程にそれが存在しただけだ。

まあ、人々が幸せに暮らすということに否定もないから、手伝いぐらいはする。

だが、主導権を握るほど手は空いていない。所詮《しょせん》、俺は1人の人だ。

だから、嫁さんたちとか、大勢の人に頼ってというか、丸投げしている。

さて、その中で俺が資料を読んでいるということは、ウィードの関係ではないということ。

つまり、俺が主体で行わなくてはいけない話なのだ。

「……で、スティーブ。しっかりこの現場を見てきたんだな？」

「そうっすよ。しっかり写真も、証拠品も見たっしょ？」

とりあえず、資料に間違いがないかを、当の本人に確認する。

で、お約束の、目の前の現物見ろやというセリフが返ってくる。

「はぁ。世の中は物事がスムーズに行きすぎてもダメだなーって思うわ」

「それはおいらも同感っす」

さて、スティーブと話しているということは、あの潜入作戦は無事に成功したのだ。

多大な戦果を引っ提げて。

スティーブの細かい経過報告は後にするとして、他の皆の動きがどうだったか整理しよう。
・ポープリ、ララ
ノーブルに誘われて、魔道具の検品に付き合い、陽動役をちゃんとこなす。

ノーブルは途中で退席するが、後に合流した際の反応は悪くなく、良い関係を築けそうとのこと。
・エリス、デリーユ、タイキ、アマンダ、エオイド
同じく、陽動役その２。

ポープリたちと別行動で、城内やアーネの情報に探りを入れる。

その結果、おそらくアーネはドレッサの言うアーネである確率が非常に高いと思われる。

なお、外で昼食をとった場所は、モーブたちが良い肉を出してくれると言われた店だったのが確認されている。

陽動役としても、しっかりこなしている。

・モーブ、ライヤ、カース、ドッペルドレッサ
城下街、監視役。

朝、霧華と話をした以外は、特に変わった動きはない。

いつものように、ロゼッタ傭兵団と訓練後、飯食って、寝る。

血戦傭兵団からの接触はあの日以降、モーブたちに知り得る限りはない。

このように、陽動役が十分に機能してくれたおかげで潜入役は予定通りに、作戦行動ができ、目的を達成することができた。

あまりにも上手く行きすぎて、作戦司令部が状況に対して不安になったぐらいだ。

で、潜入役の多大な戦果が……。

・霧華
王城単独潜入。

大まかな城内の地図を制作し、執務室へ潜入して一部の資料の記録に成功する。

その後、執務室にネズミの魔物を残して、陽動役としての役も果たす。

手に入れた資料の内容は現在精査中である。

・スティーブ
通称、野生のゴブリンにしか見えないぜ作戦。

それを引き継ぎつつ、遺跡、ダンジョン内への調査を敢行。

4つの遺跡に部隊を向かわせ潜入調査の結果、スティーブが潜入した遺跡がダンジョンとして機能していた。中にウィードと同じような生活基盤があり、DP回収の拠点と思われる。住人の生活は詳しくは調べられていないが、特に奴隷などといった酷い扱いは受けていない模様。総数にしては、家屋からの予測では1万から2万ぐらい。この近隣の文明レベルから推測して、中規模な街ぐらいの人数がいると思われる。

そして、中の大きい建物で、魔剣のパーツの生産を確認。

もちろん、その核となるコアも確認された。

全体の結果としては、珍しいぐらいの完勝といっていい。

しかし、その結果、面倒なことが浮上したというか、判明したというか……。

「……コアの生成に、魔物の魔石を使っていて、その残り、遺体をゾンビ化して兵力として再利用している施設を発見したと」

「そうっすよ。よかったっすねー。もう、使えないところなどない。どっかの食材の謳《うた》い文句っすね」

「食えねえけどな」

「そうっすね」

「「はぁーーー」」

２人してため息をつく。

「あのー。お茶飲みます？」

「リーア、甘やかさないでください。２人とも、何を疲れた様子をしているんですか」

「……結構どころか、凄く大問題な報告」

「そうですわね。なぜ、２人はそんなにやる気がなくなっているのか不思議なのですが。これは由々しき事態だと思えるのですが……」

俺の護衛として一緒にいつも仕事している４人も、無論、この報告書に目を通している。

そして、彼女たちの言っていることは正しい、これは結構な問題だ。

俺としては、魔物のゾンビ、アンデッド、と魔剣のコアは繋がりがないものと思っていた。

この事実は、魔剣が増えることと、アンデッドが増えることが連動している、どっちも満遍なく増えているということだ。

まさか、魔物の魔石をそのまま物々交換して、コアにできるとは思っていなかった。

いや、確かに魔石とコアの違いはその大きさである。

しかし、溶かして合体させれば機能が向上するという代物でもない。

ダンジョンの機能を使って、魔石をかき集めて生成することが可能なのがようやく分かったのだ。

DPが潤沢にあった故の見落としと言っていいだろう。

向こうはDPがカツカツだった分、色々模索した結果ということだ。

この事実は、エクス兵士の魔剣所持が広まり、なお、内部と言っていいのか知らないが秘密戦力としてのアンデッド兵力がかなりいるということになる。

この事実だけならば、確かに大問題だが、俺たちのやる気が下がっているのはまた別だ。

「別にこの戦力はどうでもいいんだよ。地形でも変えればいいし。最悪、近代兵器群で殲滅《せんめつ》すればいい」

そう、俺たち相手の戦いには、こういう手合いの数を揃えようが意味がない。

同じ文明レベルでようやく対等なのだ。

都合のいい練習的《まと》である。

「それでは、エクスの人々が……」

「ジェシカ。そうなるならすでにそうなっている。ノーブルの奴が何を考えているかは知らないけど、自国に手を出すようなことは、今はないみたいだぞ。追い詰めればどうなるか……分からないけどな」

「……理屈は分かる。ノーブルが効率よくやろうと思うのであれば、人々のことを慮る必要はない。だが、知った以上、私たちの身の安全のためでもあるから行動を起こさないわけにはいいかないはず」

「そうだな。クリーナの言う通りだ。これで動かざるを得ない」

「それに何か問題があるのでしょうか？」

「サマンサ。この事態の解決、対応のために作戦や戦力を捻出しないといけない。さて、この労力を誰が負うことになるのか？　という極めて現実的な話になる」

　俺がそこまで言って、4人とも納得がいったようで、視線が俺とスティーブに集まる。

「と、とりあえず、お茶をどうぞ」

　リーアがお茶を差し出してくれる。

　俺とスティーブでそのお茶を飲む。

　はぁ、緑茶が体に染みるねー。

　さて、俺とスティーブは湯のみを置いたあと、向き合って……。

「何、見つけてくれてんの、お前!!　何、主人公特有のトラブル体質か!?」

「誰が望んで仕事増やす真似するっすか!!　文句なら、あんな所でわいわいやってるノーブルに文句言えっす!!」

「分かってるわ!!　こんな面倒起こしてくれたんだからな、のしつけて倍返しにしてやるわ!!　でもな、スルーとかしろよ!!　これで、お前どう考えても、あのダンジョン監視常駐だぞ!!　喜べよ!!」

「誰が喜ぶか‼　ジョンとか回すっすよ‼　あれ、ベータンのダンジョンでのんびりやってるだけっしょ‼　アンデッド生産所もオークが多いし、紛れ込むのに最適‼」

「あほ‼　結局はお前がフォローしないといけないんだよ‼　あと、そのアンデッドを操っている術士も見つけないといけないんだからな‼」

「分かってるっすよ‼　ばーか‼」

「あ、馬鹿って言ったな。でもな、馬鹿って言った奴が馬鹿なんだよ。ばーか、ばーか‼」

「子供か‼　ばーか‼　ばーか‼」

と、アホなののしり合いを少しして、すぐやめる。

「たく。何でこっちの胃が痛くなるような事実ばっかり分かるかね」

「知らないっすよ。世の中そうは上手くいかないってことっしょ」

その変わり身の早さに、4人が驚いている。

「……え、えーと？　ケンカは終わった？」

「……おそらく」

「……たぶん、お約束みたいなもの」

「……ですわね。ののしり合いが子供のそれでしたし」

クリーナ、正解。

こういうことでもしなけりゃやってられねえ。

「さて、4人とも、この話をポープリ、ララ、コメット、ヒフィーに言うのは禁止な」

「なぜです？」

俺がそう言うと、真っ先にジェシカが疑問を返す。

「俺たちはともかく、この4人は個人的な事情があって動いている。民に被害が出ないようにってな。いや、コメットは面白さ優先だろうが。で、さらに軍隊として扱えるアンデッドを大量に抱えていますよーって伝えて、正常にノーブルと話すことができると思うか？」

「……それは無理」

「……ポープリ学長は表面上ばれるようなことはないでしょうけど、心理的に人質を取られているという感覚になりますわね。きっと、その辺りで色々と言動が制限される可能性があるかと」

「サマンサの言う通り。知っているからこそ、できる対応もあるだろうけど、この場合、秘密にしているアンデッドの件をつつけば、ノーブルがどう動くか分からない。なら、知らない方がいいだろう。最悪、ポープリたちが独断で動く場合もある」

「……それは避けるべきですね」

「ですねー」

ジェシカとリーアも説明で納得できたのか、難しい顔をしている。

「というわけで、知らなかった方が、俺たちも仲間に嘘をつくこともなかったわけだ。何か起きても、仕方なかったで済ませられるからなー」

「知った以上は行動を起こさないといけないし、被害が出れば、責められる可能性もあるのですね……」

「そういうこと。いつものように完封できる状態じゃないからな。こんな胃の痛い作業をする当人はさらにつらいだろうよ。な、スティーブ」

「そろそろ、胃薬が常備薬になりそうっすよ」

「だよなー。アルフィンにも話すわけにはいかないし、いつも信頼してくれている分つらいよな」

「がふっ!!」

スティーブが膝をつく。

ああ、アルフィンのことは忘れてたわけか。

これでこいつは家でも嘘を吐《つ》かなくてはいけないというつらい立場になったわけだ。

俺はこっちにポープリやヒフィーたちもいないし、多少は気軽。

「と、今までの説明で分かったかと思うが、エクスが恐怖のゾンビタウンとなるか否かは、このスティーブ君の手腕にかかっている。みんなからのコメントどうぞ」

「……その。スティーブ、頑張ってね」

「先鋒は戦の誉《ほま》れです。たぶん、これもそれに含まれます」

「……スティーブ、頼んだ」

「状況を知った上でこれしか言えないのが不憫《ふびん》ですが、スティーブならできると思いますわ」

うん。

なんという、気休めなお言葉。

「プレッシャーしかないんっすけど‼」

「ま、頑張って作戦練るしかないだろ」

あーあー、裏に引っ込んでのんびりできるかと思ったらこれだよ。

マジでノーブル、この件はのしつけて倍返ししてやる。

第384掘：集う化け物たち

side：ジョン

いやー、最初は遠征とか聞いて嫌だったけど、こっちに来てもミノちゃんに面倒なことは任せるだけで、メインは大将が進めているし、俺は心置きなく、ダンジョン内で農作物を作るという生き甲斐をできているわけだ。

もちろん、訓練とかはしている。

いざという時、畑とか仲間を守れないのは最悪だからな。

そこら辺で手を抜くことはない。

だが、この畑作りも業務の一環として扱われているから、立派な仕事である。

兵農一体、屯田兵《とんでん》とかいうやつらしい。

昔の偉人さんが考えた方法で、こうやって常備兵を雇いつつも、食料生産量を上げて、両立する方法だ。

いや、俺たちに飯とか本来いらないし、DPもすでにウィードでがっぽがっぽだからいらないんだけど、大将としてはこういう自立、独立して生産をすることは好ましいということで、許可を貰っている。

いやー、話の分かる大将でよかったぜ。

まあ、不満があるとすれば、もうちょっと、きゅうりを栽培する面積を増やす許可が欲しかったところだ。

需要と供給が合っていないらしく、きゅうりをそれほど生産されても消費しきれないとのこと。

まったく、きゅうりの良さが分かっていない奴が多い。

だからこそ、主食をきゅうりにしてその意識改善をと言ったんだが、戦争になるからと怒られた。

……うむ。世の中色々大変なのだろう。

まあ、そこは追々考えるとして、今俺たちは、ミノちゃんがエナーリアに代表として交流しているので、そのパイプを利用して、こちらで作った作物をエナーリアに流しているわけだ。

DPで作って、はいどうぞもありだが、こっちにも視察がくるだろうから、いっそのこと畑作るかってことになって、魔物たちの中で畑作りに精通しているのは俺だから、こうして陣頭指揮をとって日々、農作業に従事しているわけだ。

確かに、日々訓練だけで実働がない兵隊など税金の無駄遣いにしか見えないからな。こういう畑仕事をして、日々の人々の生活に貢献するのは悪くない。

「しっかし隊長。あの時以降、俺たちに出撃命令こないですねー」

横で畑の雑草を抜いている部下がそんなことを言う。

「そうだな。あの時も、選抜の飛龍隊だけだったからな。平和なのはいいことだ」

「俺たちが出るときは、それはそれは大規模戦闘ってことですからね」

「ああ。大将たちは大変そうだが、俺たちがこうやって畑を耕していられるってことは、まだ平和ってことだ」

そのことを構えたヒフィーとコメットもすでに大将の陣営だし、俺としては腕を斬り飛ばした手前、バツがわるかったのだが、次の再会が罰ゲームの最中だったしなー。

たぶん、そこら辺も踏まえて大将は俺をあの時手伝い役にしたんだろうな。

もう、お互い憎しみ合いとかやってる暇はなかったし。

大将は恐ろしいってのがよく分かっただけ。

「そうですねー。平和ですねー。もうすぐトマトもきゅうりも採れるし、サラダパーティーですかね」

「そうだな。収穫の際には出来を確かめなくてはならないから、必要なことだ」

そう、品質確認のために必要なことであり、決して俺たちが野菜を食べたいからという欲求からきているのでなく、あくまで業務であり、仕事の一環なのだ。

「って、あれ、スティーブ将軍じゃないですか？」

「ん？　スティーブ？」

そう言われて振り返ると、確かにスティーブがこちらに歩いて来ていた。

「よっす。相変わらず、畑、畑っすね」

「そりゃ、仕事の一環だからな。ちゃんとできたものは出荷して食卓に届いているから、訓練しているだけの兵士よりはマシだろうよ」

「さらーっと、おいらたちのこと言ってるっすか？」

「さあな。そう聞こえたなら、自覚があるんじゃないか？」

「ま、いいっす。ちょっと用事があるから顔かせ」

「あん？」

「厄介《やっかい》なことが起きたっす」

いつもの挨拶をすっ飛ばしてこんな表情するってことはそれだけ厄介か。

「こっちは任せる」

「はい」

そう言い残して、俺は畑を去り、ウィードの方まで戻ってきた。

「で、わざわざコールでなくてこっちまで足運ぶたぁ、何があった」

「すぐに何か起きるって話じゃないっすよ。本当に急用なら、コールで呼び出してるっす。ま、おいらの気分転換も兼ねてってやつっすよ」

「気分転換？　よほどだったのか？　あっちのダンジョンは？」

こいつが気分転換で俺の所にわざわざ足運ぶとは、よほど嫌なものを見たらしい。

「全体的には……まあ並以下っすね。どうひっくり返っても、大将が揃えている戦力を抜くことはできないっす」

「そりゃーよかったじゃねーか。ま、その様子だと、精神的によろしくないことがあったみたいだな」

「その通り。ほれ、これがおいらが気分転換に出た理由」

ヒラリ、と目の前に滑ってくる紙を取って、目を通す。

「……こりゃ、また。マジかこれ?」

「マジっすよ。さすがの大将も二度聞きしたぐらいっすから」

「そりゃそうだろうよ。メタルギ○じゃなくて、バイオハ○ードだったわけか」

ダンジョン内で、魔物から魔石を取り、その遺体を利用して、アンデッドも生産している。

資料にはそんなことが書かれている。

ご丁寧に、スプラッタな写真付きで。

「これで晴れて、エクス王都はいつでも、ゾンビパーティーができることが分かったわけだ。面倒でしかないな」

「そうっすよ。おかげで、これの抑えをしなくちゃいけなくなったっすよ」

「本当……面倒なもの見つけてきたよなー、お前」

「大将と同じ反応ありがとよ‼」

はぁ、知らない方がよかった類《たぐい》だな。

こっちにとって痛打にはなりえないが、方針として、一般の人たちに被害が及ばないようにって思っているから、別の意味では痛い。

最悪、こっちの意図がばれたら、エクス一帯をバイオハザードにして一般の人を襲えば、こっちへの意趣返しはできるわけだ。

そのあとは、完全な殲滅《せんめつ》戦になるけどな。

「高威力の爆弾が見つかる方がまだよかったかもな」

「……そうっすね。爆弾ならそれだけを押さえればいいっすから。でもこっちは……はぁ、少なく見積もっても、一万はくだらないっすから。しかもそれが1か所だけに格納されているわけでもないっすからねー」

「そりゃな。実験みたいな感じで、モーブたちを襲っているんだから、すでにどこかしらに配備されていたり、場所を移動しているのもあるだろうさ」

話を聞けば聞くほど厄介だな。

「で、その話を俺に持って来たってことは……」

「そうっすよ。手伝え。どう見てもおいらの手持ちじゃ足らないっす。ウィードの方の常駐部隊は動かすわけにもいかないっすから、そっちから手を借りるしかないんすよ」

「……大将からの許可は？」

「無論、貰っているっすよ。その大将は現在この情報の規制を姐さんたちに説明中」

「あー、ポープリさんとかヒフィーさんに知らせるのはまずいと思ったのか」

「どっちとも特殊な立ち位置っすからね。ノーブルに対して下手につつく可能性も否定できないっす。なら教えない方がいいって話っす」

「必要な時に必要な事だけってやつか」

「そうっすよ。こっちがなんとかする前に気取られでもしたら終わりっすからね」

「無知の方が助かるってわけだ。知ってると、何かしら反応しちまうからな」

「ということで、秘密裏に動けるのはおいらたち魔物部隊と、今エクス王都に潜入していない、大将と姐さんたちっす」

「……大将はともかく、姐さんたちは絶対ダメだな」

「ですよねー。良くも悪くも真面目っすから、アンデッドの件でも、そんな死者を冒涜《ぼうとく》するような……って言って怒ってるっす」

「駒として考えると、これ以上に便利な兵隊はないんだけどな。独力でどこまで考えられるかで、運用幅も広がるし。ま、気持ちも分かるけどな」

「でも、そんな姐さんたちを現場に連れていけば、たちまち炎の海になって、制圧戦の始まりっすよ」

資料で見るのと、現場を見るのはまったく違うからな。

そういうことを管理している下っ端も、大抵クズというか、精神を保つために色々破綻してることが多いし、そんなのを見たら、スティーブの言う通り、真面目な姐さんたちはキレるだろうな。

「無論、アスリン姫はきっと怒るだろうしなー。って、この話は……」

「さすがにアスリン姫やフィーリア姫には伝わってないっすよ。だったらすでに、魔物軍に総力戦の通達が出てるっす」

「だよな。ということは、大将が出るのはなしか」

「なしっすね。大将が出ると護衛の4人も出るっすし、そこはまあ、我慢できるかもしれないっすけど、そもそも隠密《おんみつ》じゃないっすから」

「足を引っ張るだけだな。大将だけならいいんだが」

「今の大将が1人で出歩けるわけねーっすよ。ということで実質、おいらたちだけということっす」

「……無茶苦茶だな。どう考えても、押さえられん」

スティーブのところと俺のところで、この任務に従事させられるのは合わせてせいぜい、100ちょい。

それで、敵の複数あるであろう、ゾンビーの格納庫を見つけて、生産拠点の監視、術士の捜索などなど……無理だ。

「というか、時間はどれだけあるんだ？」

「不明っす。敵がどう動くかは、呼ばれているポープリさんたちとヒフィーさんたちの話し合い次第っすね」

「……まだ、ヒフィーさんたちは到着していないから、最低2、3日はあるってことか。って短すぎるわ‼」

「最低っすよ。最低。さすがに2、3日でどうにかできる話じゃないっすから、そこら辺は大将が上手く引き延ばすようにって説得しているっす。結果を急ぐなって」

「もうさー、エクスが血の海になってもいいんじゃね？　って思うんだが」

「今まで築いてきた、ポープリさんやヒフィーさんとの関係をマイナスにしかねないっすからダメっすよ。ちゃんとしないと、ダメだったときに顔向けできないっしょ？」

「ダメだったらいくら頑張っても顔向けできるわけねーけどな」

「というか、おいらたちがいくら裏で頑張っても、表の方を調べるのがいるんすよね」

「だな。この状況なら、城や街や近場にダンジョンへの出入り口があるのは確実なんだ。そっちを調べるのが欲しいよな……」

かと言って、姐さんたちはポープリさんたちの護衛だし、霧華とその部下だけじゃ少ない。

どこから増員持ってくるんだよ。

「ふふん。あんたたち、悩んでるみたいね」

そんな声が上から聞こえる。

「あ？」

「なんだ？」

そう言って上を見上げると……妖精族のコヴィルが浮かんでいた。

「パンツは赤っすね」

「赤だな」

「こ、こら⁉ なに見てるのよ⁉」

「いや、見せたのそっちっすよ？」

「だよな」

そらー、空中で仁王立ちしてたら、スカートの中見えるわ。

「あーもう‼ キユー‼ 変態が、変態がー‼」

「誰が変態っすか」

「心外だな。ってキユ？」

「あははは、コヴィルももっと気を付けよう。ども、2人とも」

「なんか久々に見た面っすね」

「だな」

「いや、普通に会議とかでは顔合わせてたじゃないですか」

「あー、新大陸の方に顔出さなかったから、影が薄かったイメージがあるっす」

「そうそう。そこのコヴィルもスラきちさんと一緒で、魔力枯渇の関係でどうしようもなかったただろう？」

俺がそう言うと、上からなにかドロっとした液体のようなものが体にかかって、それが言葉を喋《しゃべ》る。

「……それは解決しただろう。だから、俺やコヴィルが出張ってきたんだよ」

「スラきちさんか。驚かさないでくれって……、そうか、ザーギスが作った新アイテムか‼」

「ああ、魔力の減衰を抑制、およびカットできるアレがあればどうにでもなるっすね」

「そうよ‼ あんたたちだけじゃどうしようもないだろうからって、ユキが私たちに頼み込んできたんだから、感謝しなさいよね‼」

「……コヴィル。もっと言い方ってモノがね」

「というか、よく、キユはこんなガキと結婚したよな」

「むっきー‼ スラきちさん、私はガキじゃないわよ‼」

「はいはい、悪かったたって。で、どうよ。これで多少はマシだろ？」

確かに、コヴィル個人の性格はともかく、魔術などの技能はとびきりだし、隠密行動は妖精族はその特異な小さい体ゆえに得意、しかもデフォルトで空飛べるおまけつき。

極めつけにスラきちさんが率いるスライム部隊が投入できるのは大きい。

スライムにとって重力など無意味、とは言わないが、四方が壁であるダンジョンや屋内の捜索活動に、これ以上適した生物はいない。

「これなら生産施設とか、奥の研究施設もいけるっすよ」

「だな。こりゃありがたい。そうか、あの発明でこっちの使える部隊も増えているんだったな。すっかり忘れていたぜ」

助かったー。と2人で安堵《あんど》していると、さらに後ろから声が掛かる。

「はい。喜んでもらえて何よりです。私もその研究施設への潜入、ご一緒しますのでよろしくお願いいたしますね」

「あ、族長」

……族長？

妖精族の族長？

まさか……。

「このナールジア。ウィードの技術を預かる者として、仮想敵国の技術を把握する上でこれ以上ない人材だと思います。連れて行ってもらえるでしょうか？」

にっこりと笑う、ウィードが誇る武器開発における第一人者。

桁《けた》違いな物ばかりを生み出すので、もっぱら俺たちや大将たち専用の鍛冶《かじ》職人となっているキワモノ。
無論、その本人も弱いわけがない。
それが出張ってくる。
あ、やっべ。
終わったわ。
俺はそう思ったね。

第385掘：賽は投げられた

ｓｉｄｅ：モーブ

俺たちは、昨日の成果を資料で渡され読んでいた。

無論、表から、スティーブたちが見つけた胸糞悪くなる工場のことまで。

「ふーん。ま、よくある話だわな」

「だな」

「そうですね」

「そうなのですか？」

ドッペルドレッサはこういう知識がないのか、俺たちの返答に首を傾げている。

「こっち、新大陸じゃ珍しいかもしれないけどな。地元、ウィードがある大陸ではさして珍しいことじゃねーな」

「規模はまるっきり違うけどな」

「？？？」

ありゃ、ピンと来なかったか。

仕方ないので、カースに視線を飛ばす。

「あー、説明しましょう。この手の死体を扱うのは、リッチ系が得意ですよね？」

「はい……ああ、なるほど。死霊術ですか」

「そうです。リッチ系が得意な術ですが、他の生物が使えないわけではないのです。ま、使うのは人ぐらいですが」

「人ですか」

「そう、人です」

「つまり、人が死霊術を使う死体というのは……」

「無論、人の死体ですね」

カースの言う通り、死霊術を使う奴らにとって、駒として使うために死体を手に入れないといけない。

だが、魔物の死体というのは基本売れるものが多く、完全な死体として残るのは稀だ。

遺体が元の状態に近ければ近いほど、アンデッドの動きも良くなる。

逆に欠損が大きければ、その分行動に支障が出る。

完全に骨からアンデッドを作ることもできるが、魔力の負担が尋常ではないし、元の魔物から特性が変わりすぎる。骨だけになって、体重が減りすぎるというのが一例だ。

だから、墓場に丸々入っている人の死体を使った方がいいというわけ。

無論、そんなことをされれば、遺体の遺族は良い気分であるわけがない。

「なるほど。そういうことがあって、死霊術、アンデッド使役に嫌悪があるわけですね」

「そういうことですね。私たちも仕事で何度かその手の馬鹿と戦うことがありましたが、まあ、胸糞悪かったですね。依頼者の旦那や息子、妻、まあよくもここまでというぐらいに、アンデッドとして使役していたのもいましたから」

「……それは、嫌悪があって当然ですね」

「まあ、だからと言って死霊術というのが絶対的に悪というわけでもないんですけどね。嫌悪されるのは当然ですが、国として、1人か2人、お抱えの死霊術士がいたりするんですよ」

「なぜでしょうか？」

「色々な理由があるのですが、簡潔《かんけつ》に言えば、死体のプロフェッショナルと言い換えてもいいので、葬儀などの役に立つのです。あとは、願いで死後もアンデッドとして兵として使ってくれという人もいて、その願いを叶えるためです」

「……前者は分かりますが、後者はなぜそこまでして？」

「死してなお、国を守る剣であり盾でありたいというやつですよ。偉人の遺体が安置されているというのも結構ありますが、そういう利用方法も示唆しているのです」

「……なるほど。確かに合理的です。有用な人材や技能を亡くなってからでも使えるというのはいいと思います」

「そうだ。だから、その合理性を理解して、その手段を残している。ま、よほどじゃない限り使わないだろうけどね。自分の不甲斐なさを、過去の偉人に拭ってもらうなんて、相当な恥だよ」

「確かに」

ま、ほとんどが、非合法な死霊術士で面倒事しか起こさないからな。

数もせいぜい操れて10~20ってところだ。

だから、本当にエクスの方は規模が違う。

「説明が終わったところで資料の続きだ。俺たちに襲い掛かってきたオークやゴブリンのアンデッドはおそらくこれだろうという話になっているな」

「そりゃ、そうだろうよ」

「ああ。俺もそう思う。だが、厄介なのは次だ。読んだか？」

「次？」

俺はライヤにそう言われて、斜め読みをしていた資料をまた読み直す。

「えーと、モーブたちが襲われたあと、近辺を捜索したが、術者本人は見つからなかった……これは聞いた話だな。さらに次か……それで視点を変えることにする。魔物たちが身に着けていた魔力減衰緩和のアイテムだが、それを着けることによって、命令を与えるだけで、術者より離れて行動ができたものと推察できる……って、これは不味《まず》くないか？」

「そうだ。術者を倒しても止まらない。魔力がなくなるまで動くんだ。本来であれば、術者の魔力供給がなくなれば、すぐに体の維持《いじ》ができなくなりただの死体に戻るが、このアイテムがそれを軽減しているわけだ」

うげー。

いざとなればノーブルをぶっ倒せば済むって話じゃないのか。

解き放たれたら、エクスは終わりか。

だって、ザーギスは失敗作だとか言ってたが、あれでも減衰率から考えても最低1時間は動けるらしいから、1万近くのアンデッドをエクス王都に放てばゾンビーパーティーにしかならん。

もともと、アンデッドなんて魔物はほぼ存在しないような土地だし、一般人が対応なんてできないだろうし、兵士もきっとやられるだろう。

こりゃ、ポープリやヒフィーが穏便にっていうのはちょいと厳しくないか？

と、俺が頭の中でそんなことを考えていると……。

「そういえば、自然界に存在しているアンデッドはなぜ、魔力が尽きずに、自壊しないのでしょうか？　ダンジョン内のアンデッドはコアからの供給があるので分かりますが」

「ああ、それは簡単だ。自然界のアンデッドはすべて魔石をその体内に残しているからな」

「……？　ああ、そういうことですか。魔力を蓄積する場所、魔物にとって心臓と同じような物がそのまま死体に残っているから、そこに魔力が蓄積して自壊を防ぐわけですね？」

「そうだ」

「しかし、人の死体も放っておけばアンデッドになります。人には魔石は存在しないはずですが？」

「全部が全部、人の遺体がアンデッド化するわけではないのは知っているな？」

「はい。高レベルの方がアンデッド化しやすいと、ルルア様などから聞いたことがあります」

「そう。高レベル。おそらくは、魔力をある程度溜めている人ならアンデッド化しやすい。その理由は、たぶん死にたくないとかの理由で、魔石を無意識のうちに体内に作り、それを起点とするからじゃないか？　というのが、ユキやザーギスの話だ」

「……なるほど。筋は通りますね」

「まあ、聞いての通り、まだ確証はないらしい。そこら辺は考慮しておいてくれ」

「はい。他の可能性もあるのは理解しました。どうもご教授ありがとうございます」

再び始まった講義は終わったので、俺は口を開く。

「しかし、どうしたもんかね。これ、知ったところで全部対応ができるわけでもないだろう？」

「そうだな。ユキたちが生産する場所には何かしら手を打つだろうが、すでに配備されているのを全部調べ上げるのは困難だろうな」

「まあ、それもこれも、ポープリさんやヒフィーさんが丸く収めてくれればいいだけですが」

「それまでは、いつ、エクス王都がゾンビで溢《あふ》れかえってもおかしくないわけですね」

「とりあえず、ユキからは、万が一の時には、知り合いぐらい逃がせるようにしておけとは来てるな」

「それぐらいしかできないだろう。どうせその時はあちこちで乱戦だ。俺たちが率先して潰しまわってもいいが、その時は目立つだろうし、ノーブルとも敵対してるだろうから、こっちに敵が集中するだろうな。そんな状態で知り合いを助けるもなにもないだろうな」

「それは勘弁願いたいですね。そうなったら、嬉々として、俺たちを囮に使いますよ。ユキなら」

うん。絶対にあいつならやるな。

ということで、俺たちは知り合いだけを逃がす方向で。

えーと、ロゼッタ傭兵団と、商人トーネコのおっさんとその家族、あとは……美味い肉の店の看板娘か？

そんなことを考えていると、コールに新しいメールが届く。

俺は特に深く考えず、そのメールを開く。

どうせ、経過報告とか、今後の予定ぐらいだと思ったからだ。

「なっ⁉」

俺はその内容に愕然とした。

いや、内容はその通り、経過報告と今後の予定でしかなかった。

だが、それが異常だった。

俺はクビが錆びているのではないかと思うぐらい、重くゆっくり顔を上げると、ライヤもカースも同じような顔をしていた。

おそらく、2人にも同じメールが届いたのだろう。

「み、見たか？」

「……見た」

「……見ました」

声を出して確認を取ってみたが、やはり同じ内容だったらしい。

いや、明確な答えは貰っていないが、あの返事だけで、見たものが同じだと直感的に分かった。

そして、ドッペルドレッサだけは、俺たちとは同じ反応をせず、ただ純粋に……。

「素晴らしいですね。ジョン隊長、キユ隊長、スラきちさん隊長と、魔物部隊のトップが揃い踏みですよ。これなら、作戦はずいぶん楽になるでしょう」

そうなのだ。

ユキが直々に指揮下に置いている魔物四将のうち、3人を投入することが決定したという連絡が来ている。

そして極めつけは……。

「さらに、その場でしっかり解析《かいせき》ができるように、技術班として、妖精族のナールジアさんとコヴィルさんが同行するようですね。これは鉄壁の布陣と言えるでしょう」

俺たちが持つ武器を専属で作ってくれている、クレイジー武器開発マニアが紛れ込んでいる。

俺たちでもナールジアの武器を戦場で使ったことはない。

訓練で少々というぐらいだ。

それだけ無茶苦茶な物だと言っておこう。

というか、あれを持つだけでもステータスが馬鹿みたいに上がるから、訓練が非常にしにくい。

それが、ミノちゃんを除いた、魔物4将たちと、ユキの弟分のドッペルキユと一緒にダンジョンアタックだ。

これは、ドッペルドレッサが言う鉄壁の布陣どころではない。

「い、いつ、あいつらいつ動くって言ってる!?」

「そ、そうだ。その日にきっとこのエクスは滅びる!!」

「あ、ありました!!　ヒフィーさんたちの到着と合わせて動くみたいです!!」

「あと、何日だ!?　何日ある!?」

俺たちが慌てふためく中、ドッペルドレッサは不思議そうにして俺の質問に答える。

「えーと、2、3日後ですね。今のペースだと」

絶望的だ。

しかし、諦めるわけにはいかないのだ。

「急いでエクス王都の知り合いと連絡取るぞ‼」

「そうだな。このままでは、皆が悲惨な結末に遭う」

「そうですね。もう、俺たちの想像が及ぶ範囲の被害では済まないでしょう。少しでも犠牲を減らさなければ‼」

「え？　え？」

ドッペルドレッサだけは、事態について行けず目を白黒させている。

ああ、そうか、こいつは内勤ばかりで、ユキがしでかしたことは資料でしか知らないのだ。

端的に「策により、目的は達成した」とかな。

過程を知らないのだ。

ユキが、身内で動かせる戦力をほとんど投入したということは、もうめんどくさいことはやめたということだ。

ノーブルがあまりにも、色々引っ掻《か》き回すから、嫌になったのだ。

つまり、全部ぶっ壊すつもりだ。

もう、収拾がつかないぐらい、わけの分からないことを起こして、ノーブルの脳みそをパンクさせてから、ゆっくり料理するつもりだ。

奴が動くということは、もうそれだけの準備が整ったということ。

もう、エクスに未来はないのだ。

……どっちが悪者か、今の俺には分からない。

が、世界は非情である。それだけは知っている。

第386掘：1人ではなくみんなで

side：エリス

全員が沈黙しています。

その原因はコールで届いた、今後の予定を書いた資料。

「「……」」

その凄まじい陣容を見て、絶句しているのです。

無論、話を聞かせられないポープリさんやララさん、アマンダにエオイドには、適当に理由をつけて別室に行ってもらっています。

そして、その沈黙をようやく破ったのは、夫、ユキさんと付き合いが浅い、サマンサでした。

「……これは、ユキ様の動かせる中でも最精鋭なのでは？」

そう、ユキさんが動かせる中でも指折りのメンバー。

スティーブ、ジョン、スラきちさん、キユ、このトップの4人は私たちの戦闘能力を軽く超える。

いえ、普通の試合をすればいい勝負なのでしょうが、戦場であればきっと10回戦って10回負けると思います。

生き残ること、相手を殺すこと、それに特化して、それを現代兵器を駆使して行動できる差ですね。

私たちも銃器が使えないことはないですが、私はスナイパーライフルとか銃系が得意なだけで、爆弾や、重火器が扱えるわけではありません。

このメンバーはウィードでも軍人という立ち位置のもと、そういう訓練をひたすら積んでいるのです。

下地がまったく違います。

「……ミノちゃんが足りないくらいだと思う」

クリーナは足りない、あと一人の名前を言いますが、身の丈4、5メートルはあろうかというミノちゃんは潜入任務は向かないですし、今はエナーリアとの仲介役を果たしているので、呼び出せません。

ということで実情、ユキさんが動かせる戦力、さらにナールジアさんとコヴィルを含めて動かしているので、これは相手を完全に叩くつもりだと思います。

「……あー。そういうことか」

その陣容に戦慄している私たちの中で、唯一理解の言葉を出せた人がいます。

それは、ユキさんの友人でもあるタイキさんでした。

「なんじゃ、ユキがこういう陣容を取った理由が分かるのか？」

私が聞く前に、デリーユがタイキさんに聞きます。

「いや、簡単ですよ。ほら、ちゃんと資料にも、このメンバーの動員は状況を上手く収めるためって書いてあるじゃないですか」

「まてまて、こいつら1人で、この世界の国の首都ぐらいは簡単に落ちるぞ。それをフルメンバー近く突っ込んでおいて、そんな大人しい結果になるかのう？」

「それこそ、真意というか、ユキさんがどう転んで欲しいかは分からないですけど。これはポープリさんやララさん、そしてヒフィーさんには、これ以上ないぐらいの義理立てでしょう？」

「ああ、そういうことですわね」

「……納得。ユキが動員できる適任で最強で最高戦力、私たちは大事なお嫁さんだからそんな危険なことさせられないし……正直、潜入はしたことないから、足手まとい。だから、これで万が一があっても、全力を尽くしたと言える」

そういうことですか。

確かにデリーユの言う通り、一般の人々の被害を無視するのであれば、スティーブたちの1人でもいれば、王城は爆弾でも設置して木っ端微塵でしょうし、戦闘にもならない。

今回のゾンビの件は、人々を守るという方針で動いているポープリさんやヒフィーさんにとっては最悪の状態。

だけど、それを阻止《そし》するのは、ほぼ無理です。

関係の構築が上手くいけば、多少は教えてもらえるでしょうが、その場合はノーブルが各国を併呑するという戦争になることを意味しており、結局、多くの血が流れます。

かといって、その事実を知って反論すれば、エクスを追われ、その過程で一般の人々にも被害が出るでしょう。

最悪、ポープリさんたちの、人々に傷ついて欲しくないという願いを見抜いて、自国の国民をゾンビに襲わせて服従を迫るかもしれません。

そんな最悪の事態の時に、このフルメンバーがいるのといないのでは、対応力に雲泥《うんでい》の差が出るでしょう。

そして、それはポープリさんやヒフィーさんの願いを汲んで、動いていたという何よりの証拠。

言い方は悪いかもしれませんが、失敗した時の言い訳でもあります。

この陣容の凄さが分からない人たちではないので、仕方のなかったことだと割り切れるでしょう。

逆にこのフルメンバーを投入していなかったということは、手を抜いたと思われる可能性もあるのです。

最悪、2人が離反しかねない。

ま、それは実力差が分かっている2人はしないでしょうが、内部的な不安は抱えたくはありませんね。

「なるほど、理には適っとるのう。しかし、ここまでこっちに戦力をつぎ込んで大丈夫なのかのう？」

「さあ、俺からは何とも。もしものことを言ったらキリがないですし、ユキさんとしては、こっちに戦力をつぎ込むことが最重要って考えたんじゃないんですか？　というか、ユキさんの本陣、ウィードが落ちるようなことはまずないと思いますけどね。あそこがどうにかなるなら、さっさと降伏した方がいいと思います」

「……ユキと同じようなことを言うのう」

「残念ながら、俺やユキさんは自分たちの力を過大評価するってのは全然できませんから。今までの経験とかから推測して、その域を出ないかを観測して、予想、推測が間違っていないことを確認して、行動に移すんです。そうしないと、手痛いしっぺ返しを食らいますからね」

こういったところが、ユキさんやタイキさんの強《したた》かなところと言えるでしょう。

良く言うのであれば慎重。悪く言うのであれば臆病。

まあ、間違ってウィードが落ちたとしても、ユキさんを引き渡して終わるようなことは絶対ありません。夫を渡してはい終わりなど、絶対認めません。私たちが徹底抗戦です。

……あ、きっとノーブルも同じ気持ちなのでは？

「……なるほどな。妾なら、そんな結果は認めるわけにはいかん。だから、ノーブルを追い詰めたとしても、ゾンビを街に解き放つ可能性があるというわけか」

私の気持ちと考えをデリーユがそのまま言ってくれました。

ヒフィーさんの時は、こんな悪辣な手段は用意していませんでしたし、決闘の前に所有するダンジョンはこちらの手に落ちていました。

しかし、ノーブルの場合は違う。

ダンジョンを奪い取ろうが、すでにゾンビという駒は用意されている。

悪あがきなどで、街を混乱させ、逃げるということを考えるかもしれません。

いや、その可能性は非常に高いと思います。

私だって、ユキさんか、ウィードかと問われれば……。

「実感もしてもらえたし、分かるでしょう？　ここに戦力をつぎ込まないと不味いって」

「……ですわね。願わくば、学長やヒフィー様がノーブル陛下を説き伏せてくれるといいのですけれど」

「……それは、ほぼ無理。向こうは2人を取り込むつもりで呼んでいる。パワーバランスの認識が逆。こっちは希望を聞かされる側。多少の願いなら聞き入れてくれるだろうけど……」

「うーむ。難しいのう……なんとかして、ノーブルのゾンビをどこかに集めて、ボンッとできればいいのじゃろうが、全部集めるなんて馬鹿な真似はせぬだろうし、そのゾンビの団体を集めさせる理由も思いつかぬ」

……と、イケない。

黒い考えに流されていた。

そうならないように日々頑張っているのだから、今日の話もその一環。

落ち着いて考えましょう。一番の問題は、ゾンビをどう抑えるか。

デリーユの言う通り、ゾンビたちをある程度集めて処分できればいいのでしょうけど、それは結構無理があると分かります。

……いえ、本当に無理でしょうか？

「……多少の願いなら……向こうはこちらを取り込みたい？」

先ほど、クリーナが言った内容を頭でまとめます。

なにか、なにか、デリーユが言ったことと繋がりそうなのです。

でも、ゾンビの件をお２人に伝えることはできません。

自発的にノーブルが喋ってくれれば……どうやって？

「あの、エリスさん。大丈夫なんですか？　なんかブツブツ言ってますけど」

「ほっとけ。会計の仕事をしてる時の顔じゃ。その時なんか、数字が口から数多出ておって今より意味不明じゃぞ」

「クリーナさんもこんな感じですわね」

「……心外」

「あら？　ご自覚ありませんの？　ユキ様が用意してくれた図書館ではいつもあんな感じですわよ」

「……うそ。そんな、わけ、ない。ユ、ユキはいつも優しく迎えに来てくれる……」

「……それは、ユキ様はすでに、クリーナさんの癖をご理解しているから何も言わないだけでは？」

「……嫌われていない？」

「ユキ様が嫌う人ですか。逆に興味はありますね。ああ、ルナ様がいましたか」

「……いやだ。そんな。ルナと一緒なんて嫌だ」

「落ち着いてください。ユキ様はクリーナさんのことをちゃんと愛していますから大丈夫ですよ」

「……ほんと？」

「本当ですわ。だって、ちゃんと夜は相手してくれるでしょう？」

「……そうだった。ごめん。ちょっと取り乱した」

あー、もう、なんか周りが五月蠅《うるさ》くて考えに集中できない。

いや、自分一人ではそもそもまとまらない。

落ち着いて、エリス。ユキさんはいつも言ってたじゃない。

餅は餅屋、得意な人に頼れって。

今回の件は、相手をこちらの望む状況下に引きずり出すこと。

つまりは、戦争というより、政治の駆け引き、交渉事、これらが得意な身内は……。

『はいはい。何ですか？』

『はい、なんでしょうか？』

『何かしら？』

『お呼びでしょうか？』

ラッツ、ルルア、セラリア、シェーラ。

この４人が私たちの中では、政治の駆け引き、交渉事に強いから、良い案を出してくれるはず。

ということで、ユキさんのフルメンバーの出撃から、ノーブルの暴走も含めて、私が出かかっている何かを伝えました。

『なるほど、なるほど。これは案外上手くいくかもしれませんね』

『はい。私たちも、ユキさんのフルメンバーに驚いてばかりで、これ以上の案を考えようとはしてませんでしたから』

『そうね。これはありかもしれないわね』

『はい。結構成功率は高いかと思われます』

何やら、すでに4人の中では回答が出たようで、納得しています。

「あのー、どうすればいいんでしょう？」

『ああ、エリスはそこに持っていくためにまだ悩んでいるんですね。えーと、どう説明しましょうか』

『そうですねー。私の、リテアのようなことをすればいいんですよ』

「リテアの時というと、リテアの反対派と戦ったことですか？」

『そうよ。まあ、今回は演習って形ね。ヒフィーがノーブルと交渉の席についたときに、コメットもいるから、ダンジョンを使えることは分かっているでしょうし。そこを使って、魔物同士の演習でもやればいいのよ。お互いの戦力を測りたいって言って。遺体を利用できるなら、これ以上ないぐらいの演習になるでしょう。材料も確保できるし、断るとは思えないわね』

「あ、なるほど」

『その時に、ノーブルがゾンビ兵を連れてくる必要がありますけど、向こうも遺体を利用したいのですから、理由は説明するでしょうし、演習にもそのゾンビを投入するでしょう。というか、主力でしょうし。向こうにとってもゾンビ兵の力を測る良い舞台です』

「ということは、ヒフィーさんたちが魔物の演習を持ちかけるだけでいいわけですか」

『はい、そうですね。まあ、ちゃんと条件を色々決めないといけないでしょうが、大まかな方針はそれでいいと思います』

『旦那様もこのことには気が付いてなかったみたいですね』

『仕方ないわよ。ユキにどれだけ頭を使えって言っているのよ。フルメンバー投入して、被害を最小限に抑えようとしてるだけでも十分よ』

『ですね。足りないところを支える。それは私たち妻の役目ですから。しかし、ナールジアさんも連れていってますし、おそらくは、ダンジョンを一気に掌握《しょうあく》するというのも視野に入れていると思います』

なるほど。

そうすれば、被害は本当に最小限になる。

でも、この案でさらに安全にできる。

演習相手をウィードの魔物軍にすればいいのだ。

そうすれば、相手がゾンビ軍だろうが魔物軍だろうが、殲滅できる。

良い陽動にもなるし、相手の戦力もごっそり削れて、相手のパワーバランスの認識も変わるだろう。

『さて、この報告はエリスからどうぞ』

『そうですね。エリスさんの手柄です』

『そうね。あ、でもちゃんと私たちの連名は入れてよね』

『1人でユキさんに褒《ほ》めてもらうのは、なしですよ？』

「うん。分かってるわ。ありがとう」

よし、後はこの話をまとめて、ユキさんに説明ね!!

そうと決まったら、いったんウィードに戻って事務室でさっさと作っちゃおう!!

「……なんか置いていかれましたね」

「……向こうで勝手に話が進んだのう」

「……クリーナさん、聞こえましたか？」

「……全然。後で師匠に話を聞こう」

第387掘：みんなが幸せって素晴らしい

side：コメット

「ふひゃひゃひゃ……‼ ひーっ‼ お腹痛い‼」
私は馬車の中で笑い転げていた。
凄いねー。
いや、私たちが敵わないはずさ。
何度も思い知ったが、また思い知るとは思わなかったよ。
何がって？
ユキ君たちと、私たちの格の違いだよ。
違いすぎて滑稽だね。
月とスッポンって言うんだっけ？ 彼らの故郷の諺で。
ついでに、笑わせてくれるから申し分ない。
「あーもう。馬車の中で暴れないでください‼」
私の行動に文句を言うのは、ヒフィー。
まったく、道中一緒だけど、口から出てくるのは説教だけという堅物。

真面目一辺倒ではダメだという生きた証拠。

人、いや、生き物……死体にもゆとりがいるという実例だ。

死体はもちろん私だけどね‼

キラキラ……。

不意に馬車の中でそんな音が流れる。

「なんの音かしら？　コメットがやっていたゲームから？」

「触んじゃねーーー‼」

「きゃっ⁉」

私は咄嗟《とっさ》に叫んでヒフィーの動きを止めて、その間に、足元に落ちてるゲームを拾う。

そして画面を確認すると、色違いが出現していた。

「うっし‼　これで４匹目‼」

「な、なんですか、いきなり‼」

「あん？　知らないのかい？　ユキ君の故郷で大ブレイク中のゲームだよ。その名もポケ〇ン。その色違いが出たんだよ」

「そんなことで、叫ぶ必要があるのですか？」

「とーーーーってても、出現確率が低いんだよ。そして、ヒフィーは機械音痴じゃん。なんか知らないけど、落ちたショックかなんかで、すでに攻撃する寸前だし。倒したら手に入らないからね。ヒフィーが拾った瞬間にボタン押して、さよならだった可能性が非常に高い。というか、かれこれ3度ほど同じようなことやってるだろ？」

「ぐっ」

「あの時の苦しみを私は忘れないね。半日かけた苦労が電源ポチで水の泡。ユキ君が言った苦しみがよく分かる。許されざる行為だよ。人の努力を踏みにじるとは……と、憎しみが湧いて出てきた」

あの時の絶望感、一言では言い表せない。

真っ黒になる画面、一瞬呆然として、すぐ正気に戻って、一縷の望みをかけて電源を入れてみる。

きっと無意識に記録してるさ、って淡い夢を抱いて。

そして現実に打ちひしがれるんだ。セーブデータの日付が昨日だったりしてね。

そういう時に限って、いいアイテムが出たりしてるんだよね。

ま、身内に危険生物がいるという認識ができたから、こまめにセーブはするようになったけどね。

「それはそもそも、研究と称して、ゲームしていたからでしょう‼」

「うん。それは悪いと自覚しているから、その時は我慢した。しかし、そういうこともあって、ヒフィーにゲームという、私の血と汗と涙と時間の結晶を触れさせるわけにはいかない。分かるだろう？」

「たかが遊びに……」

「遊びにこそ、発展があるとユキ君から教えてもらったはずだが？」

「ぐぬぬ……って、そもそも、コメットが笑い転げたのがいけないのですよ‼」

「いやいや、あの資料を見て笑い転げるなっていう方が無理じゃね？」

「貴女《あなた》がいきなり笑い転げるから半分も読んでいません‼」

「速読も為政者には必要だと思うよー」

「貴女の速読と一緒にしないでください‼　目をひょいってやっただけで文章を把握できるわけないでしょう‼」

「人を化け物みたいに言わないでくれないかな。これでもれっきとした死体美女なんだし」

「何が、死体美女ですか。中身が残念極まりないくせに」

「と、そこはいいんだよ。昔から、特に容姿を気にしたことはないし、とりあえず、私が笑い転げた理由を把握してくれると話が先に進むんだけどね」

「……分かりました。少し待ってください」

何か言いたげだったが、資料を読み進めるヒフィー。

私はその間に、色違いを捕まえて、色違いを集めているボックスに放り込んで、しっかりと記録をした後、アイテムボックスに入れる。

どうせこの後ヒフィーへの説明で忙しくなるだろうし、そうなれば事故でゲームに触られかねない。

それでデータが飛んだら、泣くに泣けない。

そんなことになれば、ここでヒフィーと雌雄を決する必要があるだろう。

というか、この馬車旅の間に、主力のメンバーは鍛えたかったんだけどな～。

帰ったら、ユキ君やタイキ君とバトルの約束してるけど、あの2人にこのままじゃ勝てる気がしない。

私も最初はヒフィーの言う通りお遊び気分だったんだよ。

しかし、あの2人に中途半端な気持ちで勝負して、1勝もできなかった。

『遊びだからこそ、真剣になるのさ』

『半端者に負けることはないですね』

と2人は言っていて、ゲームの奥深さを知った。

ある意味、理想的な平等な条件での勝負だからだ。

時間さえ掛ければクリアできるし、人との勝負では弱点をついて思考を読んでの戦い。

正直、負けて無茶苦茶悔しかった。

たかがゲームと思っていて、一勝すらできなかったのだから。

だから、強くなる方法を教わって、厳選して、技覚えて……と馬車で頑張っていたわけだ。

研究できないのは、まあ残念だが、こうやってゲームに没頭できる時間が増えるのはありがたいね。

「な、なんですか、こ、これは……」

お、ようやく私が笑い転げた地点まで読んだかな？

「これは、私たちから、ノーブルにケンカを売れということになりませんか？　これでは、エクスの人々に被害が及ぶではありませんか？」

「はいはい。落ち着いて、よく考えてくれ。私たちの時みたいにルナさんを挟《はさ》んでいるわけでもないし、ダンジョンを掌握しているわけでもない。この時点で、私たちやポープリの交渉だけでは安全は完全に確保できないってのは分かるよね？」

「……それは、分かります」

「私たちだって、別動隊とか、予備部隊は置いていたし、ノーブルがそうしないわけがない。だから、ユキ君はエリス君の作戦を採用したわけだ」

「私たちから、合同演習を呼び掛けて、魔物同士をぶつける、ですか」

「そう。ノーブルがどれだけ魔物の兵力を用意しているかは分からないけど、お互いの戦力は把握したいだろうし、断るとは思えない。それで大半の魔物は集められるわけだ。そこで私たちの魔物が圧勝すれば、向こうはこちらの認識を改めるだろうし、魔物の運用についてはこちらに任せてもらえるかもしれない」

「なるほど。そうなれば、私たちが魔物の所在を全部把握できるというわけですね」

「まあ、そこまで上手くいくとは思えないけど、ノーブルの手持ちを削ることは可能だろうね。下手に説得をしくじるとか、ユキ君たちと勝負して負けそうになったら、エクス王都に魔物を放って混乱中に逃げることも考えられるから、それを阻止するのには役に立つね」

「……私たちでは、ノーブルを止められないと思われたのでしょうか？」

あー、めんどいな。

こういう頭の固いのがいけないんだけどなー。

これも性格かね。

人としては好ましいかもしれないけど、一か十かって極端なのがね。

「そういう方向に考えるのはダメだよ。ユキ君が提示している作戦は、あくまでも保険だ。万が一があっても大丈夫なように、策を二重三重にしてるんだよ。信じる信じないの話じゃない。ヒフィーが失敗した場合は血が流れるんだ。それを抑えるための行動は必要だよ。私としてはむしろ好感が持てるけどね。タイゾウさんと同じだよ。いつもヒフィーを気に掛けてくれてたろ？」

「……確かに。少し気負いすぎていたようですね。タイゾウ殿にも気楽にと言われました」

ほほう。タイゾウさんの名前を出しただけで止まるかい？

今までなんとなく怪しいなあとは思ってたけど、多少脈はあるかね？　いけるか？

あっちもクソ真面目ではあるけど、柔軟性はこのヒフィーより遥かにあるし、相手としては申し分ない。

正直に言って、ウィードでしっかり生活はできるし、この口うるさい神様を引き取ってもらえれば私としては非常にありがたいんだけどなー。

あ、決して、私が楽をしたいからとかではなく、ヒフィーの幸せを願ってだ。

女の幸せぐらい掴んでいいと思える働きはしていると思うんだ。

嘘じゃないよ？　本心だよ。

ついでに性格が丸くなって、私の世話だけを甲斐甲斐しくしてくれればなーって思うだけで。

ほら、これでみんな幸せだ。完璧《かんぺき》。

これは私にとって、予定が組まれて先が見えたノーブルとの交渉よりも、優先すべき事項だ。

さて、どう話を切り出すべきか……。

そんなことを考えていると、資料をちゃんと読み終えたヒフィーが落ち着いた様子で内容に対する評価を口にする。

「ユキさんの作戦で、ノーブルの所有する戦力を一気に減らし、同時に内部の調査を行い中核を押さえる……なるほど。コメットの言う通り最後まで読んでみると納得ができる内容です。私たちの立場向上も図れますし、説得もやりやすいでしょう。問題は魔物対魔物の合同演習で負けることですが……用意されるのはユキ殿の方からの魔物ですから、負ける方が難しいですね。ミノちゃんさんが陣頭指揮を執るから、私たちの指示は不要ですか……正直助かります」

ミノちゃんさんって、いや「ちゃん」まで確かに名前だけどさ、それってアスリンが決めたから間違いとかの方でさ、「さん」付けはしないでいいと思うよ？

というか、本当にフルメンバーだね。

これ、私たちの交渉が上手く行くようにというか、これで勝負決めるつもりじゃね？

書類上は、さらなる情報を集めるためとか書いてるけど、私たちと勝負した時より上の戦力だからね。比べるのが馬鹿らしくなるぐらいの戦力差。

ノーブルの配下の魔物がどれだけ強いか知らないけど、ものの数分で肉片になるんじゃね？

だって、ユキ君のところが本気出せば故郷のスーパーミラクル兵器群に、ナールジアのぶっ壊れ武器があるんだし。

それから考えると、私たちよく無事だったよねー。

ジョン君に腕を斬り飛ばされただけで済んでよかったよ。

「しかし、私たちはユキさんたちの後方支援があるから失敗してもいいなどと思わず、なんとしてもノーブルの真意を聞き、それが間違っているなら諫《いさ》め、止めなくてはいけません……血が流れない方が良いに決まっているのですから」

それを君が言うかねー。っていうのは無粋だろうね。

私もそれに乗っていたんだから。

けどね。私としては厳しいと思うよ。

いきなり新しい道を示されても、はいそうですか、って頷けるわけがないんだ。

君や私がそうして、ユキ君たちと対立したように……。

結局、最後は彼頼りなんだよね。

「と、そこは実際会ってからだからいいとして、今は大事なことが別にあるんだよ」

「なんですか？　別の大事なこととは？」

「そりゃー、友人の恋だね」

「恋？」

「ありゃ、自覚がないのかな？　それとも自分のことを言われてるって分かってないのかい？」

私がそう言うと、ヒフィーは固まって、みるみるうちに顔を真っ赤にしていく。

「だ、だ、誰が、恋などと、わ、わ、私とタイゾウ殿は、き、清く、ただ……」

「いや、誰も相手がタイゾウさんとは言ってないけどね。分かりやすくてありがとう」

なんだ、こっちは完全に意識してるのか。

「なら、私からタイゾウさんにヒフィーのことを聞いてみるよ」

「ちょ、ちょっと、待ちなさい‼　わ、私が、いつ、そんな、こ、ことを……」

「いや、友人としては幸せになって欲しいからね」

「し、しかし……わ、わたしは、か、神で……」

「種族の差なんて関係ないさ。君が今まで頑張ってきたのは私がよく知っている。だからさ、自分の幸せを掴んでもいいんじゃないか？　それが許される余裕はあるんだ」

「そ、そこまで、私のことを……」

「当然だろ。なんだかんだ言って、今まで一緒だったんだ。幸せになって欲しいよ」

「コ、コメット‼」

ま、その後は、大泣きして話すどころじゃなかったけど。

これで、私の野望に一歩近づいたね。

くっくっくっく……。

第388掘：知らなくても頑張る

ｓｉｄｅ：アスリン

なんだか、ここ数日、みんな忙しそう。

何かあったかな？

だけど、私たちには特になにも話は来ないし、そこまでじゃないのかな？

前みたいに、お手紙を読み忘れとか、お話を詳しく聞かないとかはしてないから、確認のし忘れとかはないと思う。

「みんな忙しそうなのです」

「あ、フィーリアちゃんもそう思う？」

「思うのです。でも、私たちにはお話が来ないから、大丈夫だとは思うのです」

「でも、心配だよねー」

「なのです」

私とフィーリアちゃんはそう言って、慌ただしく移動する魔物の兵士さんたちを眺めます。

私たちはお兄ちゃんのお嫁さんだから、こういう所にいても怪しまれないんだ。

「と、いけない。ドレッサちゃんの所に行かないと」

「そうだったのです」

私たちは私たちで、お兄ちゃんから大事な任務を与えられているんだ。

エクス王都で奴隷になっていたドレッサちゃんと仲良くして、傷ついた心を癒《いや》してあげるの。

好きで奴隷になる人はそうそういないし、最初のリーアお姉ちゃんみたいに、変な状態になってることも多いから、そういう心配をして、優しいお兄ちゃんは歳の近い私たちにドレッサちゃんのことをよろしくって言ったんだ。

だから、ここ数日はドレッサちゃんにつきっきりで色々ウィードを回って遊んで……任務をこなしているんだ。

で、今日も朝からドレッサちゃんがいる魔物さんたちの兵舎の所まで行ってる途中で、なんかちょうどドレッサちゃんが来た日を境に、色々慌ただしくなった魔物さんたちを見てたんだ。

でも、昨日からさらに忙しく動いているような気がするな……。

怪我《けが》人とかはいないみたいだし、そこら辺は大丈夫なんだろうけど。

「あ、来たわね」

「ドレッサちゃんだ。おはよー」

「おはようなのです」

「うん。おはよう。アスリン、フィーリア」

初日以降、ドレッサちゃんはこうやって、玄関の前で待っててくれるんだ。

きっと、ウィードが楽しくて仕方ないんだと思う。

私だって、学校が始まったときとか、毎日楽しみでたまらなかったから。

「今日は、あんたたちが通っている、ガッコウって所に行くのよね」

「うん。そうだよ。みんなで集まってお勉強するんだ」

「そうなのです。ヴィリアやヒイロとかたーくさんの友達がいるのです」

「……聞けば聞くほど、よく意味が分からない施設よね。平民に学を教えるなんて、そんなことより田畑を広げた方がたくさん養えるのに」

「うーん。詳しいことはよく分からないけど、こうやって勉強すれば将来の役に立つんだって」

「そうなのです。お勉強ができてわるいことはないのです」

「あんたたちにはちょっと難しかったかしら？　これは大人のお話だしね」

「むー、アスリンたちは大人だもん‼」

「フィーリアたちは大人なのです‼」

ドレッサちゃんは、事あるごとに私たちを子供扱いする。

これだけは、ダメだと思う。

私たちは立派なれでぃーで、お兄ちゃんのお嫁さんなんだから。

「はいはい。大人の女なら、妹分をからかうのはやめてもらえるかしら？　また吊るすわよ？」

そんな声がすると、ドレッサちゃんはピシッと固まる。

私たちはその声の方に振り返ると、そこにはラビリスちゃんとシェーラちゃん、お兄ちゃんが立っていた。

「お兄ちゃん」

「兄様」

私とフィーリアちゃんはすぐにお兄ちゃんに飛びついて、お兄ちゃんもそれを受け止めてくれる。

「今日はどうしたの？」

「兄様はお仕事で忙しいんじゃ？」

「あー、今日はドレッサの初登校だろう？　一応、保護者で学校の校長だからな。様子を見にきたんだよ。ほら、ドレッサはあまり素直じゃないところがあるだろう？」

「「あー」」

「そこら辺が、多少な」

確かに、ドレッサちゃんは少しツンツンしてるよね。

さっきも、本気では言ってないけど、私たちがぷんぷんになることを言うし。

素直じゃないと思う。

本気で言ってたら、お仕置きするけど。

で、そのドレッサちゃんはラビリスちゃんやシェーラちゃんと何かお話ししてるみたい。

「あ、あの、ラビリス？　さっきのはちょっとした冗談。そう、冗談なのよ。だから、ロープを持って近寄らないで……」

「冗談でも限度があるのよ。毎日毎日、2人をからかって何が楽しいのかしら？　私としては、妹を弄《もてあそ》ばれて非常に不愉快なんだけど？」

「ドレッサさん。素直になれないのは、まあ性格上仕方ないとは思います。ですが、相手を選ぶことを強くお勧めします」

「ちょ、シェーラ、鞭《むち》はやめて。そ、そんなの奴隷の扱いよ!?」

「「どっちが先に手を出したのよ。ツンツン娘が」」

で、いつものように、ロープで縛《しば》られて吊るされて、鞭でお尻を打たれるドレッサちゃん。

ピシッ‼

「きゃん!?　ひゃん!?」

鞭で打ってはいるけど、ちゃんとお尻が赤くなる程度にしかしてないから大丈夫。

私たちが本気でやったら、大岩だって割れちゃうもんね‼

でも、そんな日常の光景はお兄ちゃんにとっては普通に見えなかったみたい。

「……何やってんだよ。ＳＭか？」

「そうです。決して そんな趣味ではありません。そして、まあ、一般的ではありませんが、私たちのコミュニケーションと言ったところですので、ユキさんはご心配なく」

「ち、違うわよ⁉ ユキ、こ、こんな変態的な趣味を私が持って……はうん⁉」

なんか、お兄ちゃんの目から光がなくなっていく。

「なあ、アスリン、フィーリア。あれって普通か？」

「えーと、うん。毎日1回はしてるよ」

「悪いことをしたら、お尻ぺんぺんなのです」

「あ、そういう認識なんだ。間違っても人目のつく所とかでやってないよな？」

「さすがにそこまではしないわよ」

「はい。そんな酷いことはしません」

「……」

「沈黙してないで、私を助けなさいよ⁉ ひゃわ⁉」

「自分がまるで悪くないみたいな言い方やめてもらえるかしら？」

「そうですね。私たちがいじめているみたいに言われるのは非常に心外です。もっと強くした方がよかったですか？」

「……とりあえず、もうすぐ学校に行くから、ほどほどにしとけよ」

「違うわよ。躾よ、躾」

お兄ちゃんはそう言って、相変わらず目から光が消えた状態で、何か呟《つぶや》いていた。

「……躾とか、教育って難しいよな」

「もう、お尻に傷痕が残ったらどうするのよ‼」

「ちゃんと治したよ？」

「ぐっ、本当に非常識な場所ね」

「もともとはドレッサがフィーリアたちを、馬鹿にするからいけないのです」

「……あ、うん。ごめんね」

「うん。これで仲直りだね」

「仲直りなのです」

「そうね。最初からそういう気遣いができればいいのに」

「まあ、ドレッサさんも色々あったみたいですし、私たちはそのためにいますから」

「まあね」

本気でドレッサちゃんを嫌うことはないよ。

だって、ドレッサちゃんは優しいから。

でも、色々あって素直になれないみたいだから、こういうことをしてるんだ。

あ、たぶん、これもリーアお姉ちゃんと同じで、トラウマとかなのかな？

「まあ、仲が良いみたいだから、いいけど。あんまり、やりすぎで変な趣味に目覚めるなよ。

というか、わざとやってないだろうな。ドレッサ」

「だ、誰が、そんなことするもんですか‼」

顔を真っ赤にして、慌ててドレッサちゃんは否定する。

それは当然だね。お尻叩かれて悦ぶ人なんていないもん。

「……ああ、もう覚醒してる可能性があったわね」

「……ドレッサさんの思惑にすでに乗せられていた？」

「ちっがーう‼」

よく分かんないや。

「って、アレがガッコウよね⁉　大きいし、子供たちがたくさん入ってるみたいだし」

「……露骨に話を逸らしたわ」

「……ますます怪しいですね」

「うっさい‼　あそこが、ガッコウなのよね？　アスリン、フィーリア？」

「うん。そうだよ」

「そうなのです。あ、ヴィリア、ヒイロ。おはよーなのです‼」

「あ、おはよう。って、お兄様‼」

「兄ぃがいるのは珍しい……」

ちょうど、２人とも登校してきたみたいで、こっちに合流した。

「ヒイロって子はちみっこね。でも、ヴィリアは侮りがたいわね」

「……ドレッサ。いちいちスタイルで張り合うのはやめなさい」

「……ですね。はぁ、先が思いやられます」

まーた、ドレッサちゃんはスタイルを見ている。

どうせ、お姉ちゃんたちから見れば、ツルンツルンと変わらないのに。

愛があればいいんだよ？　でも、私はきっとバインバインになるけどね。

「お兄様。あの彼女は？」

「見たことない。新入生？」

「そんなところだ。同じクラスになるから、フォローしてやってくれ。見ての通り、素直じゃないんだ」

「……なるほど。少しツンツンしてますね」

「大丈夫。ああいうのはクラスにいるから、問題ない」

いるよねー。

ドレッサちゃんみたいにツンツンしてる子って結構いる。

それで、ヴィリアちゃんとか、ラビリスちゃんにお仕置きされてる。

男の子も女の子も。

「あー、なるほどな。と、ごめん。俺の方は先生たちに話を通してくるから、たぶん、仕事の関係で教室に顔は出せないと思う」

「……あ、はい」

「さみしい」

「ごめんな。ちょっと最近忙しくて。これが終わったら、またみんなでお泊りでもしような」

「は、はい‼　楽しみにしてます‼」

「楽しみ」

やった。

忙しいのが終わったら、みんなでお泊りだ‼

そうだよね。エクスのことが終われば、ゆっくりできるって言ってたし。

早く、エクスのお仕事終わらないかなー。

そうして、ドレッサちゃんの入学も特に問題なく終わって。

そのまま、普通に授業が始まって、お昼休みになる。

あ、お兄ちゃんはやっぱり忙しかったみたいで、教室には来なかった。

帰ったらいっぱいお手伝いして、少しでも疲れを取ってあげようと思う。

「……なによ、ここの勉強。私でもついていくのがやっとなんだけど。というか、カガクとか意味不明だし、魔術なんて使えるわけがないでしょう……」

ドレッサちゃんは、学校の授業内容に頭がパンクしているみたいだった。

なんでだろ？

「ま、追々慣れるわよ」

「そうですね。人は慣れるものです」

「慣れるの⁉　この意味不明な内容に⁉」

「何を言ってるのよ。もう部屋で電気とか、水道とか、好き勝手に使ってるでしょ？」

「あ」

「そういうことです」

うんうん。

慣れるんだよ。

まあ、お勉強は大変だけど。

「そこは分かったけど、午後もこんな調子なの？　さすがにもう理解する前に寝ると思うわ」

「いえ、午後は大体、実地勉強ですね」

「じっち？」

「はい。現場に赴いて、戦いの訓練や魔術の訓練、お仕事の手伝いをするんです。まあ、専門的なのは下働きとかですけど、畑仕事とか、警察の人と一緒に警邏と清掃活動とか、あとは冒険者とか……」

「冒険者‼　それって、傭兵のことよね‼」

「傭兵？　ああ、モーブさんたちが徴兵されることもあるとは言ってましたね」

「なら、私は冒険者の実地勉強がいいわ‼」

「そうですか。でも、一定の訓練を受けないと、冒険者の実地勉強はできないんですよ」

「えー……なんとかならないの？」

「うーん。冒険者ギルドに行って、試験を普通に受けて冒険者の資格を取るのが手だとは思いますが……」

「じゃ、それでいいわ。その様子だと、ヴィリアは冒険者ギルドのこと知ってるんでしょ。案内して」

「はぁ。確かに私は冒険者の資格は持ってますけど……いいのですか？」

　そう言って、私たちのことを見るヴィリアちゃん。

「いいわよ。こうなったら止まらないのよ、その子」

「試験を受けて合格できなければ諦めるでしょう」

「ふんっ。私だって剣ぐらい振れるんだから」

　あー、振れるだけじゃダメなんだよ？

　でも、２人の言う通り、ドレッサちゃんがこうなったら止まらないしなー。

　今日はミリーお姉ちゃんも、ギルドにいるはずだし、行って相談してみよう。

「はい、ちびっこ共。怪我をしないようにね」

「「はーい」」

冒険者ギルドに到着すると、先に来ていた子たちがすでに訓練用のダンジョンに出発する寸前で、ミリーお姉ちゃんに見送られていた。

「返事だけはいいのよね」

「ま、生きて戻れる保証付きなんだから、怪我した方がいいと思うよ。痛い目見ないと。命の危険は分からないんだから。というか、ミリーもずいぶん甘くなったよねー。比較対象は違うけど、冒険者舐めてるやつとかは、その場でボコボコにしてたよね？」

「あーうん。たぶん、子育てとか手伝ってるからかな？　ととっ」

「おっと、どうしたの？　今日は朝から顔色がわ……」

「ミリーお姉ちゃん」

「あ、アスリン」

「お、アスリンちゃん。っていうか、ラビリス代表や、シェーラ王女まで。今日はこっちなんですか？」

「そうよ。お友達の付き合いも大事なの」

「で、ちょっとミリーさんに相談がありまして」

「何？」

「私も冒険者になりたいの‼　できるかしら‼」

「……というわけよ」

ミリーお姉ちゃんは、少し考えるようにドレッサちゃんを見て……。

「ああ、ドレッサってあなたなのね？」

そう言えば、ミリーお姉ちゃんはドレッサちゃんに会うのは初めてだっけ？

「そうよ‼　で、冒険者になりたいんだけど」

「えーっと、今日入学したばかりで、訓練課程が終わっているわけないわよね。となると、一般から？」

「そうなのです。そっちからやるって言ってきかないのです」

「はぁ、お転婆ね」

そう言って、ミリーお姉ちゃんが片手で顔を覆うんだけど……あれ？

「ミリーお姉ちゃん。具合悪い？」

「あ、やっぱりアスリンちゃんもそう思う？　なんか今朝からこんな感じでさ。本当に大丈夫？」

「あ、うん。ただ、ちょっと……」

「ちょっと？　無理してない？」

「無理はだめだよ？」

「だめなのです‼」

ミリーお姉ちゃんは皆が新大陸に行ってて、色々とウィードのお仕事を掛け持ちしているから、きっと大変なんだ。

お兄ちゃんのために無理するから、ちゃんと私たちが止めないと。

「大丈夫よ。ただの飲みすぎ。そうよね？　ミリー」

「え、ええ。そうなのよ。ばれちゃったかー」

「え、でも。お酒臭くないけど？」

「ザーギスの所で翌日に二日酔いが出ない薬ができたっていうから試したのよね」

「そうそう。でも効かなくて」

「なんだ。自業自得じゃん。でも、倒れられても困るし、執務室でゆっくりしなよ」

「そうだよ。ゆっくり休んで。ミリーお姉ちゃん」

「休むのです!!」

「うん。ありがとう。この子たちのこと頼んだわ」

「分かってるって。ほら、休んだ休んだ」

うん。ミリーお姉ちゃんの無理を止めたよ。

でも、お酒の飲みすぎは良くないよね。

「で、試験って何やるの？」

「そうですね。試験官と勝負が一般的です」

「え？　筆記テストとかじゃなくて？」

「ただの雑務系の仕事を受けたいなら試験で負けてもいいけど、ダンジョン潜るのはさすがにいい勝負ぐらいはしないとだめなのです」

「えーーー!?」

ドレッサちゃんがんばれー。

第389掘：結構ぎりぎりだったりする

side：セラリア

「今日も元気ねー」

「あい‼」

「はい。いいお返事です」

私は仕事に出る前に、子供たちのお相手をしていた。

私の娘、サクラはもちろん、スミレや、エリア、ユーユ、シャンス、シャエルたち全員。

サクラ以外は、産んだのは私ではないけれど、同じ夫を持ち、支えると誓った永遠の友たちの子供。

私の子供と変わりなどない。

というか、こんな可愛《かわい》い子供たちに囲まれて幸せ。

子育ては無論大変だけど、皆で手伝ってやっているし、夫も手伝ってくれるので、負担だとは思わない。

まあ、女王やその配偶者が子育てを自らしているなんておかしいのだけれど、ここは私も夫も庶民寄りよね。

政務とかに支障が出るなら、問題だったんだろうけど、すでにそういう煩《わずら》わしいことは分担しているし、大部分がウィード国民の手によって運営が進んでいる。

ちゃんと管理は必要だけど、私が机につきっきりという事態はない。

そういうことで、現状問題はない。

「さーて。ママはお仕事に行ってくるからね。いい子にしててね」

「「あーい」」

最近では、定番の言葉には返事をしてくれるようにもなってきた。

ママ、パパ、から覚えた単語も色々増えてきたので、軽い会話が成立する。

まあ、子供だからすぐにあっちこっちに興味が飛んで、中断されるのだけれど。

「行ってらっしゃいませ」

子供部屋を出るときに私に頭を下げるのは、キルエ。

子供たちの面倒や、家事全般を引き受けてくれる、家での大黒柱だ。

「最近忙しいから、子供たちとか家を任せっきりでごめんね。キルエ、サーサリ」

最近、エクスの方で厄介ごとがどんどん見つかって、家事はキルエとサーサリに任せっきりになることが多い。

「いえ、これでようやく、王宮勤めに少し届いたか……というぐらいです。しかも、我が子や、セラリア様たちのご息女のお世話で疲れるわけがございません」

きっぱりと即答するキルエの頼もしさは半端ない。

正直言って、キルエほどのメイドは私の側仕えにもいなかったと思う。

最初会った時は、メイドにもリリーシュ様の加護が付いてどうしたもんかと思ったけど、今では欠かせない存在になっている。

さすが、リリーシュ様。ここまで見通していたのね。

「あははー。キルエ先輩みたいに全然疲れないということはないですけど。お屋敷勤めよりは全然楽ですから、大丈夫ですよ」

サーサリは私の横でそんなことを言って笑う。

彼女は私を玄関まで見送る役が多い。

キルエと違っておっぱいが出ない。適材適所ということだ。

「さ、長話はここまでで。もうすぐお仕事のお時間です。サーサリ、ちゃんと見送りをするのですよ？」

「承知しました」

キルエの言葉にビシッと敬礼するサーサリ。

元は騎士だったらしいから、そっちの癖も出るのよね。

ま、メイドとしても優秀だから特に問題はないのだけれど。

正直、この2人、メイドにしておくにはもったいないぐらい実力がある。

いえ、夫に鍛えられて妻や関係者は軒並み強いけど、そういう話ではなくて、指揮官としての才能があるのだ。

まあ、その2人がメイドでいいというので、そのままだけど、望むのならトーリやリエル、カヤと同じように、有事の際の将軍職を与えてもいいと思うぐらい。

と、キルエはともかく、サーサリはサマンサのお付きでこっちに連れてきたんだった。

何か問題とかないかしら？

「そういえば、サーサリはどう？　サマンサと違ってウィードで過ごすことが多いと思うけど、何か問題とかは？」

「いえー、特に問題はありませんね。言葉とかも、旦那様のおかげですぐにペラペラですし。というか、日本語ぶち込まれたときの方が、頭が痛かったです」

「ああ、それは分かるわ。で、住人たちとは上手くやれている？」

「気のいい人たちが多いですね。気を張らずにのんびり歩いて昼寝ができる街なんて見たことありませんでしたよ。治安が良すぎてびっくりです。ああ、問題は1つありましたよ」

「なに？」

「美味《おい》しい食べ物のお店が多すぎて、体重が……」

「それは私には何もできないわ。頑張りなさい」

……ウィードに訪れる大半の女性が越えなければならない試練なのよ。

厄介なことに、銭湯には体重計が置いてあるから、自分と向き合わずにはいられないの。

まったく、誰よ。お風呂場とか、銭湯に体重計置くのを普通にした人は‼

「と、セラリア様。お出掛けになる前に1つだけお聞きしたいことが」

「何かしら？」

「先日の、エクス王都への投入戦力の増強。私としては少々過剰かと思いまして。旦那様は自宅ではお仕事の話はしませんし、どうも資料だけでは、今一つ、動くには足らない気がしまして。そこら辺は何か詳しい説明などは？」

「私もそこは気になってるわ。だから今日聞いてくるわ。ちょうど、ドレッサの入学関係でウィードにいるから」

「なるほど。では、行ってらっしゃいませ」

「ええ。行ってきます」

私も、あの資料は見た。理由も説明されている。

しかし、私の夫が文面通りに動くわけがない。

いや、文面通りだが、その文面にある抜け穴を縫うように動くのが得意なのだ。

サーサリの言う通り、過剰戦力だと思うし、何か急すぎる気がする。

今までの情報収集で万全だと言われればそれまでだが、そんな単純な理由で動くような夫ではない。

動かざるを得ない状態になっていると思うべきだ。

本来の夫は、口八丁手八丁で相手を丸め込んで、戦い自体を回避するタイプ。

それが、今は完全な戦力投入状態。

これは、絶対に変だ。

「ということで、ちゃっちゃと話しなさい」

「え。なんで俺が悪いみたいになってるの？」

目の前には、リーアとジェシカに両腕を掴まれている夫がいる。

クリーナとサマンサは現在ポープリと一緒なのでこっちにいない。

「言われてみれば非常に不自然ですね。ユキさん、話してください」

「ですね。スティーブたちの陣容に驚いて、疑問が吹き飛んでいましたが、ユキはもしかして、これも狙っていましたか？」

「たぶん狙っていたわよ。ねえ？」

「狙ってはないけどな。状況的にそうなっただけだろ」

「で、説明してもらえるかしら？」

「……はぁ。あんまり言いたくないんだけどな」

「やっぱり何か隠してたわね。なに？　ここまで戦力投入する理由は？」

私や、リーア、ジェシカが見つめる中、ユキは真剣な顔になって……。

「とりあえず。座らせて。あとお茶」

……いつもの夫だった。

ま、夫の言う通り、このままで長時間話を聞くのはあれだし、喉も渇くからお茶を用意してから話を聞くことにする。

「さーて、お茶を飲んで……ってより、先に説明しろって感じだな」

「そうよ」

「どこから話したもんか。資料の説明は読んだよな？」

「ええ。でもなぜあそこまで、戦力を投入するのよ？　そして、なんでこんな強硬策に出てるのかしら？」

「あー、まあ、全部が全部、繋がってはいるんだけどさ。資料で説明した通り、確実に目標を達成するためだ。何度も何度も潜入ができると思うのは楽観的すぎるだろ？　相手がこっちに気が付いていないとしても、ただの事業変更で色々変わる可能性もあるんだから。情報が新鮮なうちに動くのが大事ってやつだよ」

「そうね。でも、その資料の説明だけじゃないんでしょう？　ああ、ゾンビのこと？」

「まあ、ポープリたちに見せるわけにはいけないから、ゾンビ関連のことは省いてるな。だけど、それだけじゃない。あー、いったいどこから説明したものか……」

「何をそんなに悩んでいるの？　エクス王都を潰せるぐらいの戦力投入の理由が聞きたいだけ

なんだけど？　実は裏で工作してるから、そっちを成功させるためにーってわけじゃないのかしら？」

「いや、その前の話を知らないと今回の事を理解するのはきつい」

「その前？」

ユキは、そこから話すべきだな。といって、椅子に深く座り直す。

「そう、その前の話だ。今回、こういった強行な行動に出た理由はそこからだ。まず、今回の問題点、いや、目標を洗い直そう。まずは、エクス王都に乗り込んだ理由は？　リーア、答えてくれ」

「え？　あ、えーと、相手が神様とダンジョンマスターの力を持っている可能性があったから、いつもの通り、ダンジョンを作ってゆっくり制圧作戦が使えなかったからじゃないですか？」

「その通り。相手の能力、技術力、戦力が分からないうちに、ダンジョンを作ってこっちの行動を知られるようなことは避けたかった。最悪、宣戦布告と取られて戦になる可能性があったからな。ヒフィーの時のように話が通じる可能性もあったから、穏便に行こうと思ったわけだ」

「なら、このまま穏便に行っていればよかったのでは？　幸い向こうからポープリ殿やヒフィー殿への誘いの連絡が来たのですし、お2人の話し合いが終わってからでも……」

「ジェシカの言う通り、確かに、何も知らなければ、その案が一番穏便だった」

「ゾンビの件ね？　知ったからには対応策を打たなくてはいけない。人々の安寧《あんねい》を願っているポープリやヒフィーがこちらにいる以上義理立ては必要よね」

「そういうこと。その規模がちょっと凄いから、人数の不利を補える一騎当千が可能な奴をぶち込むしかない。それが今回の戦力投入になる」

「しかし、それは、昨日エリスから献策《けんさく》された、魔物同士の演習を行わせて戦力をすり減らしますし、大丈夫なのでは？」

「いや、それが全然大丈夫じゃない。ここで、リーアが答えてくれた話を思い出せ」

そう言われて、私たちは沈黙して、ある事実に気が付く。

「そういうことね。相手が神様で、ダンジョンマスターだというのが問題になるわけね？」

「当たり。ヒフィーの時みたいに、ルナが仲介に立っていないし、そんな状態で何か仕掛けて、ノーブルが不利と思ったらどう動くか予想できるか？」

「力の差を見せられれば、こちらの話を聞く気になるのでは？」

「……ジェシカの話は、いい方向に転べばという話ね。最悪、すぐに戦力確保に走る可能性があるわけね。たとえばエクス王都の民とか？」

「そ、そんなことするわけないじゃないですか。だって、お、王様なんでしょう？」

リーアが私の回答に驚いたように答える。

残念ながら、国を守るために民を犠牲にするのはよくあることだ。

……そもそも神であるノーブルの価値観がどこまで人寄りか測れないから、可能性は普通より高いかもしれない。

「……話は分かりました。しかし、なぜそれなら、エリスの策に許可を出したのですか？　これではかえってエクスの人々が危険に晒《さら》されるのではないですか？」

「簡単に言うと、時間をこれ以上与えるわけにはいかない、と判断した」

「時間ですか？」

「ヒフィーの時と違って、ノーブルには俺たちと同じように、ＤＰがほぼ永続的に補給できる状況が整っている。つまり……」

ああ、そういうことなのね。

「つまり、時間を掛ければ相手の戦力が補給されるどころか、さらに増えるし、施設だって増える可能性がある。そうなれば、投入できる戦力が限られている私たちでは、手が回らなくなる。そうなれば……」

「……もうエクス王都という規模の話ではなくなるのですね」

「そ、そんなことになれば、各国に進軍して、魔力枯渇の影響がどう出るかなんて分かりませんよ!?」

「魔剣だけならよかったんだよ。使うべき人がいるからな。でも……」

「ノーブルは魔剣を作るついでに、ゾンビ、アンデッドの生産もしている……これは短期決戦にしないと不味いわね」

「そういうこと。だからエリスの作戦をOKしたわけ。ここで一気に戦力を減らせるし、相手もゾンビ兵の利用に多少は疑問が出て、増強策とかを考えるだろうから、その分、戦力の補給、増強が遅れる。さらに、ヒフィーたちの立場も向上できるから、内に入り込むには良い案だ。さらに……」

「スティーブたちが安全に奥深くまで入り込む絶好のチャンスというわけですね？」

「そう。そこであわよくば、ダンジョンの制御を奪えれば、ダンジョン内で演習を見ているであろう、ノーブルを逃がすことなく捕獲できる。ただダンジョンを掌握するだけじゃ、ダンジョンを放棄《ほうき》して逃げる可能性もあるからな。ノーブルとは別にダンジョンマスターがいるかもしれないけど、それも同じようにダンジョンにいるだろうし、一網打尽というわけだ……とまあ、こういう理由で今回の作戦を考えたわけ」

「……分かったわ。ほぼここで息の根を止めたいわけね。そしてそれを狙うのに、中途半端な戦力投入なんてするわけない。確実にやるために、最高戦力を投入するわね。私でも」

……しかし、言われて気が付いたけど、あの新大陸の状況は非常に不味いじゃない。

エクスでのことが失敗したら、一気に坂を転げ落ちるように状況が悪化する可能性があるわ。

何としても、今回の作戦は成功させないといけない。

「な。３人とも、とても不味い状況というのが理解できたとは思うけど、これを現場の皆に言うか？　君たちの双肩にこの大陸の未来が懸かっています。絶対失敗はできませんって」

「……言えるわけないわ」

「……兵士は与えられた任務をこなせばいいので。不安にさせる要素は伝えるべきではないですね」

「……私は絶対に無理。そんなこと言われたら動けなくなります」

……なんて胃の痛い。

作戦開始まであと1日。

ヒフィーの話に耳を傾けてくれる良識的な相手であって欲しいわ……。

ああ、後でスティーブの方に顔を出しておこう。

やる気なさそうにしてたら、尻ひっぱたいてやるわ。

第390掘：もう一つの神と洞窟の物語

side：ノーブル

ペンを走らせる音が部屋に響く。

普通なら気になるようなことはないが、一度耳を傾けてみると面白いもので、妙に一定のリズムがあったりする。

横で同じように書類を処理している宰相なんかは、無意識なのか、インク壺《つぼ》の縁にペン先を2回当てて、書いたり、やめたりを繰り返している。

ひょっとすると、私にも同じようなリズムがあったりするのだろうか？

「……ん？　陛下、ペンが止まっておりますが、書類は終わりで？」

「いや、あと少しだ。少々休憩をしていた。宰相も、無理はするなよ。適度に休憩は入れるように」

「お気遣い感謝いたします。が、あともう少しで私の方も終わりますので、続けさせてもらいます」

「む。それなら、我も頑張るとしよう。宰相が先に仕事が終わってのんびりするのを見たくはない」

「ははは、ご無理はいけませんぞ。陛下もお歳なのですから」

「ええい、肉体は宰相より若いわ。見ているがいい。我が先に終わらせて仕事から解放された者の顔を見せてやろう」

そんな感じで競うように、書類仕事を終わらせて、一息ついていた。

「いやー、年甲斐もなくはしゃぎましたな」

「そうだな。しかし、悪くない」

「ですな。童心を思い出すというやつですな」

「童心……か、我が子供だった頃はなかなか思い出せんな」

「見た目はまだ、子供に片足突っ込んでいますがな」

「それは言うな。宰相だって、もう少し若く我と出会えればとは思わないのか？」

「んー。何というか、昔はそう思いましたが、この姿はこの姿で悪くないと今は思っておりますな。若い姿だと宰相という立場には周りが厳しいですしな。年寄りと気遣ってもらえる分楽ですな」

「道理に聞こえるが、それならば、姿は子供の我の方が気遣ってもらえるのではないか？」

「陛下は覇気に溢れ、実際政務もバッチリですからな。気遣ってもらえるのと舐められるのは結構判断が難しいもので、王としては十分だと思いますな」

「立場のせいか……」

私がそう言って、机に突っ伏していると、宰相が呟く。

「……立場。そういえば、陛下はエクスの元将軍でしたな」

「ああ、ちょうど魔王戦役の頃だな。といっても当時はただの小国でしかなかったがな」

「私が生まれる100年ほど前の話ですな……聞きにくい話ですが、その時にはすでにサクリ様とは？」

「うむ。我が友とはその頃には肩を並べていた。そう言えば話したことがなかったな。我と我が友、サクリとの出会いと、あの姿に至る過程を」

「陛下、その話、私から聞いたのが始まりですが、私に聞かせても良いもので？　無理に話す必要はないですぞ？」

「なに、サクリも宰相のことは信頼しておるし、普通に会話しておるではないか？」

「だからですぞ。サクリ様は陛下と同じ、エクスの柱石を担うお方。サクリ様のご気分を損ねるような真似ができましょうか？」

「ははは、そのような小さいことでヘソを曲げるような奴ではないわ。あの姿を受け入れるほどの度量の広さだ。気の知れた宰相に我との出会いを知られても恥ずかしがるぐらいだと思うぞ」

「……まあ、サクリ様ならそうですな」

「ということで、聞いてもらおう。今まで忙しくて話す暇がなかったからな。だが現在、ポープリ殿、ヒフィー殿と魔王戦役の勇者たちも揃う寸前でもある。当時の話を聞いて悪いことはあるまいよ」

「……それもそうですな。陛下が許す限り当時のことを教えていただけますかな?」

「うむ。さて、どこから話したものか……そうだな、時系列順がいいだろう。我が友との出会い、それが今のエクスの始まりと言ってもいいだろう」


まだ、魔王戦役の前の話だ。

今のように、分かりやすい強力な力、国力を持った国が多くは存在せず、今よりも酷い戦乱の日々だった。

言ったように、当時のエクスは小国であり、名前もエクスではなかった。

エクスという名前は大国として出来上がった時の名前で、小国の時はまた違う名前だったが、まあ、そこはどうでもいい。

当時の私……ああ、当時は我と言うわけにはいかないからな。私で間違いない。

すでに神ではあったが、普通の人の中に紛れ、宰相の言う通り、縁があった小国の将軍の地位について、人と世界を導く術を探していた。

ただ崇められる神など、力ある者のする行いではないと思ってな。

まあ、当時は魔力枯渇の影響が顕著に表れていてな、正直、神としての力はあってないようなものだった。

というか、ほぼ人と変わらなかった。

あの戦乱と、後の魔王戦役で多くの神も命を散らした。

それを理解していたのだろうな。

我らよりも上の神、といっても実感が湧かないだろうが、そういうお方がいて、我らの力となり得る者をダンジョンマスターにしたとお告げがあった。

理には適っていた。だが、もともとダンジョンというのは当時、魔物の巣窟でな。

そうそう手を組めるものでもないし、そのダンジョンマスターのほとんども、維持に失敗し命を散らしたと聞いた。

実際、あの魔王戦役の後に残った神とダンジョンマスターは女神ヒフィーと天才コメット・テイルと、私と我が友、サクリ・ファイスだけだったからな。

と、話がずれたな。

その戦乱の日々で一介の将軍として、他国の領地に侵攻したとき、その領主がサクリだったのだ。

思いの外、苦戦させられた。

当時の私は、その戦果から軍神などと呼ばれていてな。もっと有名になったのは魔王戦役での話だが、その時からすでに軍神などと仰々しく呼ばれていた。

その私を相手に、サクリは民草を逃がして見せ、最後の1人になりながらも、ダンジョンマスターの能力を駆使して、魔物を呼んで、私に抵抗して見せたのだ。

「貴様。ダンジョンマスターか……最初から魔物を使役していればこんな結果にはならなかっただろうに」

「はぁ、はぁ、ぐっ。そんなことはできない。民を怖がらせる領主など愚者にも劣る」

「その結果、この土地での民の暮らしはなくなったぞ？」

「なくなっては、いない、さ。貴方を見て確信した。民を虐《しいた》げる人ではない。戻って来た民たちを殺すのかい？」

「……民こそ国の真の宝。それに手を出す愚か者は早々に滅びるだろう」

「なら、あとはこの土地を守るだけの力があるかどうかだ」

「……それで、答えは出たか？」

「……ああ、非力な私に代わり、この土地に住まう人々を頼む」

そう言って抵抗をやめたサクリの首を落とすことはしなかった。

「……貴様の首を落とせば、この地に住まう民からの反発が凄いだろうな。私に降《くだ》れ。祖国にも義理を果たしたのは見届けた。降るのは愚かではない」

「しかし……」

「神からいただいたその力、そして何より、力に溺れず人々の安寧を第一に考える姿勢。なくすには惜しい。同じ立場の者としてな」

「……同じ？」

「こんななりではあるが、神様の端くれらしい。そっちも神託があったのではないか？　協力できる神やダンジョンマスターがいればして欲しいと」

「……そうか。これは天命なのか？」

「いや、これは私と貴様が選んだ道だ。天命などは存在しない。自ら切り開かなくてはならない。だからこそ、私と対峙した貴様を失うのは惜しい」

「……分かった。貴方に降ろう。ノーブル」

「これからよろしく頼むぞ。サクリ」

これが私とサクリの出会いだ。

お互い、できることの限界を感じていた。

だからこそ、お互いの力が魅力的に見えたのだろうな。

まあ、それ以上に、友として、心地よい日々だった。

日々研鑽して、お互いの能力を話して、できることをして、なんとか国を引っ張って。

その間も仲間を増やそうと思い、神やダンジョンマスターを探して回ったが、すでに落命していたり、ヒフィーやコメットのように、争いとは別の道を模索する者などで同志が増えることはなかった。

そして、魔王戦役が起こった。

魔物の大軍勢と、それを率いる魔王。

小国は瞬《またた》く間に押し潰されて、残された国が連携を取り合って、今の大国の原型となった所が多い。

エクスもその一つだ。

だが、当時はその混乱の中、動かせる兵士は少なく、私とサクリは各地を転戦して、疲労しきっていた。

「はっー、きついな」

「だね」

「怪我はないか?」

「あー、ポーションで治したよ」

「怪我をしたのか⁉ お前が死ねばダンジョンからの支援が受けられないから、前に出るなとあれほど言っただろう‼」

「ノーブルは僕の母さんかよ。というか、あの乱戦でこれだけで済んでよかったと思ってくれよ」

「……兵の被害は?」

「さっきの戦闘で1割死んだ。ポーションを回して回復してるから、他の軍よりはマシだよ」

「魔物を自軍には取り込めないか……」

「無理だね。今や魔物は世界の敵。それを使役できるダンジョンマスターなんて魔王の幹部とか言われかねない。僕たちが包囲殲滅されるだろうね。というか、そんなに使役できるほどDPがないよ。領民には避難用地下施設に見せかけて、出入りはしてもらっているけど、それは雀の涙。最近ようやくDP回収剣が作れて、マシになってるんだから、贅沢《ぜいたく》はよくない」

「分かっている。しかし、この剣では、勇者たちが持つ聖剣には届かない」

「そりゃそうだよ。こっちのはあくまでも、DP回収用。攻撃力とかを重視した聖剣じゃない。そもそもあんな剣どうやって手に入れたんだか。あー、手に取って見れたらな。複製できるのに」

「……それを作った人物なら心当たりがある」

「え、なら、その人に会いに行けばいいじゃないか。どんな人なんだい？」

「……私たちと同じ、神とダンジョンマスターのコンビだ。だが、無理だな」

「なんでだい？」

「魔王戦役が始まって連絡が取れなくなった……おそらく」

「……はぁ。きついね。でも、何とかして勇者の1人と会えないかな。その聖剣を作った人のこと知ってるかもしれないし、剣も複製できるからさ」

「難しいかもしれんが、その可能性や有益性は無視できんな。分かった。上に掛け合ってみよう」

その願いは奇跡的に叶った。

勇者のリーダーを務めるディフェス殿と邂逅して、聖剣を見せてもらったのだ。

まあ、その結果か知らんが、魔王への突撃を支援するとして、軍勢の足止めをする役を担ってしまったがな。

他に務められる軍もいなかったというのが現状だったが。

「はぁー、聖剣は彼女たち専用だって聞いてたけど、本当におかしいよ。この剣」

「誤算だったな、聖剣の複製を使えればという甘い夢は夢で終わったわけだ。天才コメットに抜かりはなかったな」

「はぁ、まあ、いいか。ディフェスの立派な姿を見れたことだし」

「ん？　勇者のリーダーと知り合いだったのか？」

「いや、こっちが一方的に知ってるだけかな。ノーブルが攻めてきた時に逃がしたうちの騎士の1人さ」

「……元主の顔を忘れるものか？」

「普通はないだろうけど、今彼女は特殊な立場だし、士気の柱、勇者様だ。迂闊に僕が口を出して動揺させるわけにはいかない」

「そうだな。今は魔王討伐《とうばつ》を何としても達成してもらいたいからな」

「そうそう。と、その支援のためにも僕たちも頑張るかな」

「ああ」

　そう言って、私とサクリが見る先には圧倒的な魔物の軍勢が迫っていた。

「報告します‼　現在の戦力は、敵の軍勢およそ7万‼　我が方はわずか3千‼」

「そうか、ご苦労。ここからは死地になる。皆に伝えよ。逃げても罰しはせぬ。だが、逃げるなら生き延びて幸せを掴み、次代を私たちの代わりに見てくれと」

「そうだね。ノーブルの言う通り、こんな自殺に付き合うことはない」

「残念ですが、皆、逃げることはいたしません。最後まで、ノーブル将軍、サクリ副将軍に付き従う所存であります‼　そもそも、ノーブル将軍の軍略、そしてサクリ様の物資支援能力があれば、あの程度の数、大したことはございません‼」

「好かれてるね、ノーブル」

「お前もな、サクリ……ふう。よし、ならば私たちに敵う者なし‼　戦闘用意‼　剣を抜き、槍《やり》を持ち、弓を引き矢をつがえ、馬にまたがり、盾を構えよ‼」

「「おおおぉぉぉぉぉぉーーーー‼」」

　皆、ここが死に場所だと理解していた。

　だが、1人として退く者はなく……。

「この数の差では策など意味をなさん。なれば一気に突っ込み、食い破る‼　その後は各々の戦いをすればいい。そうすれば、私たちの勝利だ‼　行くぞ……突撃‼」

「「「うおぉぉぉぉぉぉぉぉーーーー‼」」」

そうして、私たちは全滅した。

第391掘：神と洞窟が目指したモノ　そして　血の団長

side：ノーブル

「なるほど。そこで陛下たちは死んだのですね？」

「その通りだ。まあ、文字通り死んでいたかもしれないがな。先ほど言った通り、あの戦いで我が軍は全滅。斬っても斬っても、相手は後から湧いてくる。部下たちも勇戦したが、限界が訪れ、1人また1人と倒れていく」

「……」

「我も、サクリも、部下たちと変わらなかった。剣矢折れ力尽きというやつだ。気が付けば、血の海で寝ていた。だが私は生きていた。おそらく、返り血を浴びすぎて、死体と勘違いされたんだろう。いや、致命傷《ちめいしょう》に近い傷もあったがな。幸いというか、あの乱戦でポーションを飲んでいる暇はなかった。だから、まだ持っていてな。それを飲んで傷を癒した後、生きている仲間がいないか探して回った。それで、サクリを見つけた。まあ、私より酷い傷でな。今のサクリになったという感じだ」

「そうでしたか。いや、大きな戦いでの致命傷をコアで補っていると聞きましたが、確かにその時ぐらいしか大きな戦に出ることはありませんな。陛下もサクリ様も」

「なんだ、聞いておったのか。まあ、その通りだ。サクリの体は一応繋がってはいたが、いたるところが食われていてな。胸にもぽっかりと穴が開いていて、すでに死体と変わらなかった。だがな、生きていた。あんな状態でも我が友は生きていた。だから、とっさにコアを体に埋め込んだ。ダンジョンを維持するという能力があるのならば、体にコアを埋め込めば体をダンジョンと認識して再生、治療をするのではないのか？　とな」

「そうでしたか。まあ結果としては良かったのでしょう。両足と片腕はなくなりましたが、生きておられます」

「宰相もサクリと同じことを言う、奴の手足を探しておけば、なくすことはなかっただろうと我は悩んだのだがな」

「それは贅沢というものですな。生きているだけでも良かったのです」

「本当に同じことを言う。まあ、そこはいくら話しても平行線だからやめておこう。というわけで、我らは文字通り戦死扱いを受け、私もサクリもその状態で戻るようなことはなかった。……力のなさを思い知ったからな。さて、これからが、我やサクリが今の王に至るまでの話だ」

　そう、力のなさを思い知った。

　確かに軍神などと言われていたが、それだけだ。

戦が上手いだけではどうにもならなかった。

物資はサクリに頼りきり、兵に至っては国から下賜されただけ。

あの時もっと上の立場なら、いくらでもやりようがあっただろう。

目先のことだけにこだわりすぎて、結局、都合の良い駒で終わってしまった。

いや、それはいい。

大局としては、私やサクリなどを重宝するより、勇者に力をかけたのは間違いではない。

ただ、私は、自分の甘さが許せなかった。

このままで何とかなると思っていた。

自分の力でここまで来たのだから、きっとこの先もなんとかなる。

それだけで、現状の将軍という立場で甘んじていた。

元々が、農民の生まれだからというのもあるかもしれないがな。

まあ、あの戦いのおかげで、皮肉ながらこれでは世界を救うことなどできないと痛感したのだ。

だから、それから数十年は体を癒しつつ、ＤＰを細々と溜めて、策を練り、どうやって目的を達成するか。

それを必死に考えた。

「サクリ。私は思うのだ。結局のところ、王となるのが一番いいのではないか？」

「そうだね。人材、資源、権限と色々な意味で、王になればノーブルの目的に近づきやすい。でも、僕はこんな体だ。どうあがいても表舞台に立てるわけがない。だから、ノーブルがやるしかない。君が嫌った権力闘争にもきっと巻き込まれる」

「分かっている。だが、好き嫌いをしていては、きっとあの時の二の舞になるだろう。同じ愚を犯すわけにはいかない。あの時死んでいった部下たちのためにも、この世界を残さなくてはいけないのだ」

「……分かった。じゃあ、まずは王になることを目標に動いていこう。しかし、ノーブルが王になるのはずーっと後だ、数年、数十年後ではなく、数百年は後かもしれない。それでもいいかい？」

「なぜだ？　あれから数十年経ったとはいえ、表に出れば大国になったエクスにも知り合いもまだ存命しているはずだ。そこから成り上がればいいのではないか？　私やサクリは不老なのだから」

「……ダメだよ。不老の将軍なんて魔物の嫌疑がかけられかねない。たとえ、王になれたとしても、そこからどうするんだい？」

「世界を救うのだろう？　魔力の枯渇をどうにかするのだ」

「……どうやって？　何をすればいいか分かるかい？」

「……いや、分からぬ」

「……最低でも、各国に協力を仰ぐことになると思う。情報を集めないといけないからね」

「それは、そうだな」

「だけど今のままじゃ、協力なんて仰げない。見返りもないのに、目に見えていない世界の危機を救うためにといって頷いてくれるわけがない」

「……」

「むしろそんなことを言えば、無益な争いの火種になるかもしれない」

「どうすればいい？」

「……理想は、王になった時点で他国からの追随を許さないほどの圧倒的な力を手に入れていて、その力、技術力かは知らないけど、それを利用して、屈服させるなり、協力を仰げる体制を作ればいい」

「しかし、その力を手に入れるために王になるのではないのか？」

「うん。でも、予定が真っ白よりも、先が見えている方がいいんだ。たとえば、聖剣を解析して使用制限を排除するとかできれば、それだけで戦力はグンと上がるだろう？」

「確かにな」

「あとは、僕たちだけじゃどう考えても手が足りない。信頼できる仲間が必要だ。そうじゃないと、王にもなれないだろう」

「……もっともだな」

「時間は掛かるけど確実にやっていこう。情報を集めていけば、色々な案も増えるし、今すぐにやる必要はないんだ」

そうして、私は世界を駆けて回った。

来るべき時に備えて。

「と、このような感じだったのだ」

「なるほど、その人材集めの結果が私ですか」

「うむ。当時権力の中枢からつまはじきにされ、暗殺されそうになっていたお前を助けたわけだ」

「……感謝しておりますよ。正論を言うだけで暗殺されそうになるとは思いませんでしたからね」

「相手の欲を知らなすぎたのが原因だな」

「ですな。しかしその後、当然のようにあの国は自滅しましたが」

「放っておいても沈む船に律儀に最後まで同乗する必要はなかったからな。お前の才覚は失うには惜しかった。そして事実、今現在、宰相なしなど考えられん」

「過分なお言葉感謝いたします。しかし、今思えば、ヒフィー殿に対して静観していたのはなぜですか？　陛下が王となるよりも前に、ヒフィー殿は神聖国を立ち上げました。その時に向こう側に協力してもよかったのでは？」

「分かっていて聞いているな？　最近は冷静になったみたいだが、少し前までは、ヒフィーは憎しみの塊だった。私とは違い、人を救うために必死に駆けずりまわっていたのだ。おそらく、魔王戦役でコメットを失い、天才コメットが残した聖剣を勇者たちに託し、文字通り、あの時、ヒフィーは世界を救った。だが、彼女に残ったものはなんだった？」

「……勇者への弾圧、幽閉でしたな。しかし、あれは、勇者側の無理な要求があったと聞きますが？」

「政治の世界だ、そういうものはあって当然だとは思う。しかし、ヒフィーには絶望にしか映らないだろう。利権だけを求めたと。ヒフィーは文字通り身を粉にして、魔王戦役の時も傷ついた民のために治療行為を必死に行っていた。そのお返しがあれだった」

「……報われませんな」

「私も、ヒフィーが建国した時は、そのまま協力しようと思ったのだが、その時すでに、ヒフィーは壊れていた。生き残った勇者たちにコアを埋め込んで永遠の駒とし、今まで逝《い》った遺体を集め、それを兵としていた。背筋が凍った。私がここで斬り捨てるべきかとも思った」

「なるほど。魔物のゾンビ兵の発案元はヒフィー殿だったのですね」

「そうだ。私は人の遺体を利用するというのは、どうにも踏み出せなかった。そこはおそらく、ずっと治療という場所で人の死を看取って来た者と、戦場で名誉のために散っていったのを見た者の違いなのだろうがな。良い悪いではなく、ただの好き嫌いだ。遺体を使うということには何も変わりないからな」

「ヒフィー殿を斬らなかった理由は、そういう色々な案が他にもあったということですかな?」

「ああ。さすが、天才コメットと組んでいただけのことはある。色々見張るべき点もあったので、特に害がないうちは様子を見ることにしたのだ……壊れていても、人々を救うという信念は変わらなかったからな」

「でしょうな。神聖国の評判でついぞ悪いことは聞いたことはありません。ヒフィー殿は心の中で血涙を流していたかもしれませぬが……」

「だろうな。我もサクリもそこら辺を察して、ヒフィーが世界を滅ぼすというなら、協力体制を取って手伝うつもりもあった。なにせ、友のコメットまで、アンデッド化して利用し始めたからな。技術力という点で、私たちが敵う術がなかったし、世界もそれだけヒフィーに負担を強いていた。今後のことも考えると、我としては都合がよかった」

「確かに、ヒフィー殿を盾に我が国は安泰。そして世界を救うという共通の目標がある以上敵になり得ないし、コメット殿が作った遺産も利用できますな」

「ああ、その1つが魔剣の量産化などだが、それを利用しつつ我も王になり、聖剣の解析などをして、実験で使用者を限定してみたりもした、エナーリアのライト・リヴァイヴなどだな。

このように、いつでもヒフィーを支援できるように待機していたが……」

「ヒフィー殿が正気に戻った。ですか？」

「アグウストへの宣戦布告が撤回されたからな……何がきっかけかは分からぬが。もとより、心の優しいヒフィーのことだ。これから起こる悲劇を民に強いるのは、などと思ったのだろう」

「世界を相手にするのならば、文字通り血の海になるでしょうからな」

「まあ、予測していなかったわけでもない。魔剣の劣化品ではあるが、それを水増しして各国に送り付け、ヒフィーが実行しなくてもそれが動かせるように手配はした。ただ、ヒフィーがトップか我がトップかの違いにすぎん」

「そして、今が大詰めですか」

「ああ。明日ヒフィーとコメットが来れば、我らの勝ちは揺るぎのないものとなる。ヒフィーは顔を顰《しか》めるであろうが、神聖国とエクス王国では、地力が違いすぎる。それを理解すれば、必ず協力してくれるだろう」

「……だといいですな。最初の相手がヒフィー殿にならないことを祈ります」

「我もそれは避けたい。総合戦力としては、こっちが上ではあるが、ヒフィーの所は彼女を筆頭に、天才コメット、生き残りの勇者たち、今までの歴戦のアンデッドと単体戦力として強力なのが多い。負けないにしても手痛い被害を受けるだろう。だから、ポープリ殿たちも引き込んだ」

「感動の再会という演出も用意済みでしたな。フム、ならば敵になる公算は低いですな。悪くても傍観といったところでしょうか」

「おそらくな。とりあえず、明日の迎えはポープリ殿たちの時のように、後手に回ることがないように」

「はっ。お任せください。というか、ワイバーンで飛んでくるのがおかしいのですが」

「だな。そういう意味でも、ヒフィーとの繋がりのある勢力と敵対するのは避けたい。と、そろそろ晩餐《ばんさん》の時間だな」

「そうですな。今日は良いお話を聞かせてくださり感謝いたします」

「気にするな。今まで話してなかったのを許してくれと言いたかったのだが。宰相に先手を打たれてしまったではないか」

そう言って笑い合っていると、執務室の警備兵から声が届く。

「陛下、宰相、血戦傭兵団団長がお見えです」

「通せ」

我がそう言うと、扉が開かれ、使い込まれた武具を着込んだ優男が部屋に入ってくる。

髪はブロンドではあるが、短くしていて、体つきはバランスが取れている。

よくよく見れば体中は傷だらけ。

その体から発せられるオーラは我が国の将軍と遜色ない。

「何用だ。シュミット」

「例の開発が成功した。資料を置いていく」

そう言って無造作に手に持っていた資料が、我のテーブルへと放られる。

「シュミット‼　貴様、陛下への態度を改めろとあれほど言っただろうが‼」

宰相がそう言って、シュミットに近寄ろうとするが……。

ガキン‼

シュミットが振るったナイフと我の剣が交差する。

「ちっ、邪魔をするな。ノーブル」

「そういうわけにはいかん。彼は我が右腕。宰相としての立場もあって言わざるを得んのだ」

「……そうかい。俺の用事は終わったから帰る」

「警備は任せたぞ」

「分かっている」

何事もなかったかのように部屋を出るシュミット。

それを見つめる宰相はどことなく寂しそうだ。

「……あのような誤解をされることをしなければ、称賛や名誉はいくらでも手に入ったでしょうに」

「……そう言うわけにもいかんさ。シュミットは、仲間を生かすためなら、自分への称賛や名誉など不要というやつだ」

「女子を仕入れてはゴブリンを孕《はら》ませているなどという、非常に不快極まりない噂があってもでしょうか？」

「不快だからといって、ゴブリンを身代わりにするのをやめれば、犠牲になるのはシュミットの仲間だからな」

「……不器用ですな」

「ああ。奴や血戦傭兵団のためにも、成功させなくてはな」

シュミットは安寧の地を求めて、ここまで流れてきたのだ。

あの不器用で優しい一角の男を、汚名を被ったまま終わらせるのは惜しい。

我とは別の道を選び、泥水をすすっても、仲間を生かし、最後の一線は越えず、今も戦っているあの男は、ある意味、我より凄いのかもしれん。

第392掘：神と神の対話　元凶我にあり

side：ヒフィー

馬車の窓から覗くエクスの王都はとても栄えていました。

人々がよく笑い、よく働き、活気で溢れています。

さすがは、この大陸の大国の1つと言えるでしょう。

「いやいや、賑やかだね。私たちの迎えで人が集まっているわけでもなくこれか。国力差が丸分かりだね。それでいて、模倣で質は落ちるとはいえ、魔剣の量産に、DPにモノを言わせた魔物兵の拡充と、こりゃー、あのままぶつかっていたら物量差で押し負けていただろうね」

コメットが横で耳の痛いセリフを言ってくるので、ちょっとは言い返しましょう。

「それは分かりません。私たちの方は聖剣使いを筆頭に、優秀なアンデッドもいますので……」

「……ま、負けたくないって気持ちは分からなくはないけど、冷静な判断をしてくれよ。これからの話し合いはこの人々の命運を握っているんだからね。君が望んだことだ。無尽蔵に補給され続ける戦力相手に、私たちが勝てる公算は非常に低い。個人としては君の言う通り、そうそう負けはしないだろう。だが、国としてはどうしようもない。しかも、ヒフィーが兵として扱うのは見知った人のアンデッドだけ。向こうは魔物なら何でも。どっちが上か比べるべくもない。戦術とか合理性という意味では君よりノーブルが上だよ。まさに軍神だね」

「……分かっています。しかし、タイゾウ殿もいますから……」

正直、上に立つ者としては、私は数段劣るでしょう。

実際、国力差はひどく、本来であれば、否応なしにエクスに向かうはずでした。

「そうだね。タイゾウさんが来ているから、実際戦闘になればあの兵器群がどれだけ有効に作用するか分からない。新しい物もどんどん開発していたみたいだし、私やタイゾウさんといった技術力だけは飛び抜けていた。まあ、一方的には負けはしないにしても、泥仕合だね。それでポープリの魔術学府一帯の魔力集積が早まってボーンで、魔物大量発生。その後、各地で大乱戦になっただろうね。ユキ君たちには感謝だよ」

「ですね。そう、このまま続けても本末転倒なのです。なので、なんとしてもノーブルに私たちの話を聞いてもらい、協力してくれるように頼むしかありません」

「……厳しいとは思うけどね。ルナさんが仲介してくれてなお、君はユキ君たちに抵抗し続けていただろう？」

「うっ。しかし、それは大陸の魔力枯渇を正しく知らなかっただけで……」

「それを言おうとしたユキ君たちの話を聞かずに仕掛けたじゃないか……」

「……そ、それでも」

「ま、その心意気は大事だと思うよ。君が私たちを、人をどれほど大事にしているかも知っている。だけど、それでムキになりすぎないようにね。それでノーブルとの交渉が決裂するわけにはいかない。まずは、ちょっと話を聞いて、こちらが下に見られているのであれば、エリス君が提案した、魔物同士の演習に話を持っていくべきだ。これを行えば、確実に向こうはこちらの認識を改める」

「分かっています……というか、私としてはコメットが勝手に話を進めて面白い方向にもっていかないか心配なのですが」

「向こうが、私の想像以上のモノを色々やっているなら分からなかったがね。いまや、私の想像を超えるってことはそうそうないと思っているよ」

「なぜです？」

「なぜ？　それを聞くかい？　君はどう考えればユキ君たち以上の技術が出てくると思うんだい？　科学技術は文字通り天と地ほど差があり、魔術の独自解釈も面白く、魔道具開発能力、解析能力などなど、いまだにその3割も理解できていない。あ、6割は科学技術だね。1割は魔術の解釈かな。ま、今回は君やポープリを立てろって連絡が来てるから妙な真似はしないよ。君たちの熱意勝ちだ。これを破ると、ゲームのデータが消されるからね。私は大人しくしているよ」

「……私たちの民を思う気持ちと、あなたのゲームデータが同等なのは非常に不愉快なのですが」

「価値というのは人によりけりなんだよ。時と場合によるけどね。見方を変えれば、ゲームデータで私の行動を制限したユキ君が凄いというふうにも取れるんだがね。逆に、その程度の行動すら取れなかったヒフィーをどう評価していいのやらという話にもなる」

「……ぬぐぐぐ」

自我がルナ様によって表に出てきてから、本当にコメットは私の手に余ります。

いいえ、友人が生前と変わらぬというのは嬉しいことですが、いえ、生前よりも悪化しているように見えます。

ユキ殿やタイゾウ殿、ナールジア殿、ザーギス殿と触れ合い、暴走しているのでしょう。

はぁ、幸いなのはちゃんとコメットを制御できる人が私の代わりにいるということですね。

もっとも、私の手から離れた理由はその制御できる人たちのせいではあるのですが。

まあ、楽しそうだからいいでしょう。

「と、そろそろお喋りは終わりのようだ。これからは……ヒフィー、君次第だ」

「ええ」

気が付けば、大きな跳ね橋を越え、門をくぐり、馬車の速度が明らかに落ちている。

そして、馬車のドアが開かれ、降りる。

「よくぞ来てくれた、ヒフィー神聖女殿」

「ええ、このたびはお招きいただき感謝いたします。ノーブル陛下」

普通の挨拶。

しかし、本当に生きていたのですか。

……あなたは何を思い、願い、この国の王となり、何を目指すのですか？

その後は、普通の挨拶に、迎えの式典と特に変なことはありませんでした。

まあ、神であることや、ダンジョンマスターの件は私と同じように秘密にしているので、こんな公の場で話すわけにはいきませんね。

そして、一般的な予定が終わった後、いよいよその時が来ました。

「ヒフィー様、ノーブル陛下が夕食前に軽く歓談をしたいと申されております。お疲れでなければ、よろしいでしょうか？」

思ったよりも、動くのが早かったですね。

てっきり夕食が終わってからだと思ったのですが。

「こちらのコメットも同行できるのであれば……」

「はい。コメット様もお誘いするようにと仰せつかっています」

「では、断る理由はありません。行きますよ、コメット」

「御意」

……正直に言いましょう。

この敵地において、一番の難敵がコメットでした。

ノーブルたちと対面したときから、冗談どころか喋りもせず「御意」としか喋らなくなりました。

本人的には向こうはこちらをアンデッドって知ってるみたいだし、操り人形のように見せた方が良いという話でしたが、違和感がとんでもありません。

コメットが「御意」というたびに笑いをこらえる私の身にもなってください。

絶対狙ってやっているでしょう⁉

私がそんな恨みの念をコメットに向けている間に、歓談の部屋に着き、そこにはすでにノーブルが椅子に腰を下ろしていましたが、私たちが到着したのを見て、すぐに案内の侍女を外させ、改めて私とコメットの顔を見て……。

「いや、実に久しぶりだな。ヒフィー神、そして、天才コメット殿」

懐かしき友人と再会したような顔で声を掛けてきました。

「ええ。お久しぶりです。軍神ノーブル。と、すみませんが、コメットは……」

「分かっている。アンデッドですでに自我はないのだな?」

「……ええ。幸い、命令すれば物を作ることはしてくれます」

「……なるほどな。ヒフィー殿がどうして、世界に対して剣を振り下ろすことをやめたのか疑問だったが。友を道具として使いたくはなかったからか」

「色々やっていて、いまさらではありますが」

「規模が違うからな。自国だけではなく、世界の国々を相手だ。犠牲なしというのは考えられん。そういう結論に至っても我は非難せんよ。しかし、聖剣使いの勇者たちは今どこに？　彼女たちはコアを埋め込んでいるから、アンデッドではなく、生きているのだろう？」

「……そこまでご存知でしたか」

「うむ。技術力はそちらの天才コメットには及ばなかったが、情報は常に集めていた。そちらが世界に対して絶望したのも分かる。が、剣を収め、こうやって話し合いに応じるというのは嬉しくもある。君の気性は知っているからな。君の本来立つべき舞台は平和な世の中であろう。こんな戦乱は我にこそ相応しい」

「残念ながらかつての勇者たちは現在、私たちが空けているヒフィー神聖国の守りをしています。こちらでの護衛にとも考えましたが、ノーブルがわざわざ招いた以上下手なことはしないと思いましたから。なにより、自我がないとはいえ天才コメットはアンデッドになっても健在ですから」

「……そのようだな。凄まじい魔力だ。さすが聖剣を作り上げた天才というべきか」

そう言ってノーブルはコメットを見つめます。

……コメットは無表情ではありますが、あれは内心、男に下から上まで見られて気持ち悪いってところでしょうね。

「で、ノーブル殿。先ほどの戦乱こそ、と言われておりましたが、今回の招致の真意はあの手紙の通りで？」

私が本題に切り込むと、ノーブル殿は特に間も置かずに頷きます。

「その通りだ。我が、この世界の問題を解決しようと思う。だが、言っての通り、我の所の技術力はコメット殿が残したモノには劣る。だからこそ、ヒフィー殿やコメット殿と協力できれば、より確実に世界を救うことができる。そう思わないか？　無論、戦は我が行う。ヒフィー殿は後方で国の安寧に努めて欲しい。民こそ一番の宝であり、その平穏を守るのは武力ではなく、癒しの力、つまりヒフィー殿に相応しいと思うのだ」

「……変わらない。いえ、変わりましたね。昔はもっと、戦うことを重視していたように思いました」

「……そうだな。我も当時は己の身ひとつでどうにかするのが、神の希望に応える手段だと思っていたし、自惚《うぬぼ》れてもいた。結果、魔王戦役でほとんどを失った。だから、我は必死に力を蓄《たくわ》え、君と同じように国を持つまでになった」

……あれ？

魔王戦役でほとんどを失った？

つまり、魔王戦役のせいで今のノーブルが出来上がったと？

いえ、私もそうですけど、コメットが斬られて、私も色々自暴自棄になりましたし。

つまり……そう思って顔をコメットに向けると、コメットはこちらから顔を背けます。

貴女の情報伝達不足が発端ですか⁉

まっず、これ、どうユキさんに報告したものか。

コメットが原因でノーブルが頑張っちゃってこうなりました、って言うんですか⁉

絶対罰ゲームコースですよ⁉

いえ、落ち着くのです。

まだ、事は起こっていない。

つまり、私たちでノーブルを捕縛して、口裏を合わせれば私たちに累は及ばない。

そう、ノーブルだけが酷い目に遭うようにすればいいのです。

「どうだ。世界の未来のため、協力してくれないか？」

「……しかし」

しかし、どうやってノーブルを私たちで捕まえればいい？

ユキ殿たちにばれることなく、捕縛して説得、いや洗脳しなくてはならない。

この場で一気に取り押さえるか？

いや、どうせ霧華さんとかが見ているに決まっているし、エクスの民が危険に晒される可能性もある。

「躊躇うのも分かる。ポープリ殿といった天才コメットの教え子とぶつかる可能性もあるから

な。しかし、その心配はいらない。ヒフィー殿たちがこちらに来る前に、ポープリ殿はすでにこちらに引き入れてある。彼女たちは魔力枯渇などと言うのは知らなかったし、事情を話せば全面的に協力してくれると約束してくれた。あちらは君たちが存命だとは思っていない。後で引き合わせるから、存分に思い出話に花を咲かせてくれ。答えはその後でもいい」

「……そう、ですか」

よし、時間ができた。

都合がいいことに、ポープリさんと一緒に話せるから、今回の問題に巻き込めるかもしれない。

「しかし、これは世界の存続をかけた話だ。良い返事が返ってくることを祈るよ」

世界以前に、私やコメットが罰ゲームで再起不能になりそうですけどね‼

タ、タイゾウ殿にあれ以上痴態を見られたら、わ、私は……。

絶対ノーブルをこの手でくびりころ……いえ、説得しなければ。

第393掘：騙し騙され演技合戦

side：ポープリ

残念なことに、師とヒフィー殿が来るまでに、決定的な主導権を握るようなことはできなかった。

しかし、エリス殿がノーブルの保有戦力の把握をしつつ、削る作戦を思い付いた結果、師やヒフィー殿はひとまず、その作戦を進めることを優先させることになったので、師が勝手に暴れるようなことはなさそうだ。

しかも、その作戦に便乗して、再度スティーブたちがダンジョンに突入し、情報を収集、あわよくば機能を奪うつもりでいるみたいだ。

ナールジアさんまで投入しているから、かなり本気ということだろう。

上手くいけば、これでエクスの問題はほぼ片付く可能性がある。

機能を奪えなくても、この結果で私たちの立場向上というのもできるだろう。

どう転んでも、こちらとしてはありがたい話だから、その作戦に協力を惜しまない。

幸いなことに、ここ2、3日での話し合いで、ノーブルからの反応は上々だ。

魔道具に対しての私たちの評価はノーブルにとっては好ましいものだったらしく、初日に比べてこちらに色々と話すことが多くなっている。

昨日の夜に、神聖国のヒフィー殿が来られると言っていたので、おそらくは感動的な演出を装って、私たちやヒフィー殿と師を取り込みたいのだろう。

大体、予想通りの動きだ。

「霧華から報告が来ました。ヒフィーさん、コメットさん、エクス王都に到着したようです。あと30分もすれば、城に入るそうです」

「こっちもモーブたちから報告が来たな。問題なく城へ向かっているようじゃ」

「そうですか、ありがとうございます。これから本番ですね」

ララがそう言って私を見る。

「そうだね。すでに感動の対面を終えている私たちが、ちゃんとそれをこなせるかだよね。というかさ、師の方が心配だよ。あの人こんな演技できるタイプじゃないだろう？」

「あ、それは大丈夫みたいです。コメットさんはアンデッドで自我がないって設定でいくみたいですから」

「うわー、師の考えそうなことだ。いっそこっちから変なことして笑わせてやろうか？」

「やめとくんじゃな。そうなれば今までの工作が無駄になるわ」

「分かっているって。冗談だよ、冗談。しかし、感動の再会と言ってもどうしたものかね？実際、演技しろって言われてもピンと来ないよ」

「うーん。確かに学長の言う通り、どうやればそれらしく見えるのでしょうか？　というか、ヒフィー殿との面会は何人で行くのですか？」

「ああ、それは私とララだけだね。他の皆はノーブルから見れば何も接点がない。怪しまれる可能性があるから、２人の方が無難だろう」

「確かに、ポープリさんたちの魔道具の評価にはついていかなかったですし、ノーブルたちから見れば私たちは部外者ですから、ついていくと警戒されるかもしれませんね」

「そうじゃな。わざわざ注目を集めるようなことはせんでよいじゃろう。まあ、演技の方は任せるしかないのう」

「ま、なるようにしかならないか……」

「そこまで深刻にならなくてもいいのでは？　世の中感動の再会と言っても、全部が全部同じではないのですし、特に泣く必要もないと思いますよ。向こうもこちらが相応に歳を重ねているのは知っているでしょうし」

「だといいね。と、そういえば、ユキ君たちは今回のことに合わせて、ノーブルたちへ色々やる予定だけど、準備の方とかはどうなんだい？」

準備が整っていないのなら、予定をずらすように動かないといけないだろう。

なにせノーブルの総力が分からない状態だから、それに応じて色々変わるかもしれない。

そこら辺は私たちがフォローする必要があるだろう。

「その心配はいりません。ダンジョンへの潜入部隊、ノーブルの魔物迎撃《げいげき》部隊、王都調査部隊、城調査部隊とすでに準備を終えていつでも出撃できる体制を整えていると連絡が来てます」

「制圧するだけならもういつでもできるのう。万が一があっても妾たちの退路は確保できるじゃろう。まあ、その場合はエクス王都がどうなるかは知らぬがな」

「……あとは私たち次第か」

ありがたいと思うべきなんだろうな。

そうじゃなければ、すでにヒフィー殿とその聖剣使いたちの件で、もう大陸は大戦乱だったかもしれないからね。

魔力の集積によって魔術学府も無事かも分からない状態だろうから。

これ以上、ユキ殿たちに何かを望むのは虫が良すぎるか。

今まで、なんでも簡単にこなしてきていたから、そういうイメージが強いだけで、やっていることは至極当たり前のことの積み重ねだ。

相手を知り己を知れば百戦して危うからず、だっけ？

それからすれば、私たちの方がノーブルを説得するのにはユキ殿たちよりは適任だ。

私やヒフィー殿の方が、同じ大陸で生きてきた身、多少顔も知っているし、向こうもこちらを知っている。

普通に考えれば、私たちが話す方がいいのは当然だ。

「と、ヒフィーさんたちが城に入ったみたいです。直接、ノーブルが迎えている様ですね」

「それはそうだろうね。ヒフィー殿はノーブル殿と同じ神なのだから。私たちより圧倒的に重要度が高いはずだよ」

「あとはノーブルがポープリとヒフィーを引き合わせるまでってところじゃな。たぶん、早くて夜か、遅くて明日じゃな。さすがに今すぐってことはないじゃろうな」

「ですね。ノーブルとしては会わせていいのか、とか色々と探るべきところもあるでしょうし」

「エリス殿の言う通りだろうね。まあ、おかげで私としては緊張がずっと続くんだけどね」

「学長、気休めかもしれませんが、お茶でも飲んで落ち着きませんか？」

「ん。そうだね。ここで緊張していても仕方がない。お茶でも飲んで落ち着こう。と、そういえば、アマンダやエオイドたちはやっぱり当日は別行動かい？」

ララがお茶の準備をしている間に、この場にいない、学生たち2人のことを聞く。

こっちの話を聞かせるわけにもいかないから、別室で待機してもらっている。

2人はタイキ君がついているから特に問題はないだろう。

「そうですね。別行動で、城で待機の予定です。その方が一緒に来るよりは安全ですから」

「だね。となると、エリス君たちもアマンダと一緒か」

「じゃな。作戦開始時は妾たちは城、ポープリたちとヒフィーたちはノーブルと、相手の注意を分散するのにはちょうどよかろう」

「他に、ダンジョン潜入と、城潜入と、これに全部対処できる相手がいるとは思えないね。ま、こっちとしては教え子たちの安全が確保されるならいいさ」

自分の都合の良いように使っておいて安全を願うとか、自分の身勝手さに笑いたくなる。

今回の件は師とヒフィー殿より先に私が接触したかっただけのわがままだったから、ユキ殿たちの思惑ではない。

世界の危機、多くの人命が、なんて言っても、何も知らないアマンダとエオイドの幸せを脅かしていいわけがないのにね。

「はい。皆さまお茶の用意ができましたので、よろしければどうぞ」

「ありがとう。ララ」

「いただきます」

「うむ。いただこうかのう」

お茶を飲んで落ち着いたのか、その後は予定の確認をしたりすることなく、アマンダやエオイドも交えて、のんびりとエクスのどこが面白かったとか、お土産はどれがいいとか、そういう話に華を咲かせて時間を潰して、ついにその時が来た。

「食後のご歓談中、申し訳ありません。陛下より、ポープリ様、ララ様にご紹介したい方々がおりますので、よろしければご足労願えないでしょうか？」

そう言ってアーネが部屋を訪ねてくる。

夕食後か、まあ予想通りだね。

私たちはお互い顔を見合わせて頷く。

「それは、陛下から聞いていたあの人たちのことかい？」

「いえ、私の方には誰に会わせるかは伺っておりません。ただ、私見でよろしければ、本日賓客として来られた、ヒフィー神聖女様だと思われます。それ以外は特に来客などはありませんでしたので」

「そうか、ありがとう。まあ、特に断る理由もないから。案内お願いできるかな？」

「はっ、お任せください。こちらになります。あ、竜騎士様や護衛の方々は長話になる可能性もありますので、遅くなっても心配なさらぬよう。こちらでしっかりとお守りいたします」

「あ、はい。学長と副学長のことよろしくお願いします‼」

慌てて頭を下げるアマンダ。

……やっぱりまだまだだね。

護衛が付いてこれないっていうのはアウトなんだけどねー。

まあ、こっちとしてもそれで助かるからいいのだけれど、今後の教育方針で悩むところだね。

これ以上鋭く教育すれば、いずれ私たちのやっていることに気付く可能性が高い。

かといって、このままの一般人思考だと、他国の貴族に良いように口約束とか契約書にサインとかして振り回されそうだ……。

……うん。思ったより難しい内容だね。正直、こちら側に引き込んだ方が安全な気がする。ユキ殿たちに相談してみるか。私の頭一つ下げるだけで彼女たちの幸せが守られるなら安いもんさ。

まあ、今まで下げまくった私の頭にユキ殿たちがどれだけ価値を見出すかは知らないけど、……他に説得材料を探しておくべきだね。

「こちらです。すでに話は通してありますので、どうぞ中へ」

そんなことを考えているうちに目的地に着いたらしい。

わざわざ、私たちで扉を開けろというのも演出なんだろうね。

……いまさらだが、本当にどうしたものか。

いっそのこと、警戒してみるかな？　死んだと思ってた人がいるんだし、そっちの方が自然だろう。ついでに師に攻撃できるチャンスがあればいいなー。

そして、扉を開けて中に入ると、ノーブルが立っている横に、ヒフィー殿と師が並んで立っている。

「夜分遅くに呼び出してすまない。私としては、一刻も早く引き合わせたい人物がいたのでね」

ノーブルは満面の笑みでこちらとヒフィー殿たちを見ているが……。

「失礼、ノーブル陛下。こちらのお2人が本当に、ヒフィー殿と師、コメットであると？」

「そ、そうだが？　何か問題でも？」

「……いいえ、確かに容姿はそっくりと言えましょう。しかし、今や陛下の神という立場を知っている以上、ただ容姿が似ているだけという理由だけで、お2人を本物と認めるわけにはいきません。失礼ですが……」

そう言って、すぐさまファイアアローの魔術を無詠唱《むえいしょう》で展開して撃ち込む。

「ま、まて!?」

さすがにこの行動に驚いたのか、止めようとするが時すでに遅し。

もう2人に直撃……するわけもなく、師の防御魔術で散らされた。

ちっ、大人しく喰らう理由はないか。

「ノーブル。ポープリの懸念も当然。私が自ら懸念を晴らして見せましょう」

「そうか？　だが、魔術戦はやめてくれ。城が無くなる」

「分かっています。ポープリもいいですね？」

「……私としても、陛下の客人にこんなことがしたいわけではありませんので、納得できるご説明をしていただけるのであればお願いします……特に、我が師、コメットがそんな無感情な人形のようになっていることについて」

こんな感じで、最初の掴みは十分だったようだ。

仲介役のノーブルと宰相は最初の魔術戦で、引き合わせ方を間違ったんじゃね？　みたいな話をこそこそしていて、こっちの演技を見破る余裕はなくなったみたいで。

私たちの会話を聞いてはビクビクしていた。

ノーブルとしてはどっちとも協力して欲しいから、無理に押さえつけるというのは最終手段というのを分かっているらしい。

ということで、一応、ヒフィー殿から今までの経緯を聞いているふりをする。

……すでに知っていることを真剣に聞くというのは結構こたえる。

しかも演技のうちなのだから……師とか私たちを警戒させないために窓際まで、ヒフィー殿の指示で下がっているが、目を閉じて動かないでいる。

……一見、目を閉じてしっかり護衛をしているように見えるが、あれは寝ている。

退屈だから寝ているのだ。日々の研究漬けの中で編み出した、いつでもどんな状態でも寝られる特技。

こっちだって眠いのに‼

そして、地獄のような眠たくなる演技説明の後、私が口を開く。

「……話は分かりました。私たちだけが知っていることもご存知ですので。本物なのでしょう」

「そうか‼　それはよかった‼　なら、これから一緒に協力して……」

「陛下、まだです。私を試したように、ヒフィー殿や師も試すべきでしょう。聞けば師の自我はすでになく、ただの人形同然。ヒフィー殿はその師を通じてダンジョンを維持している。これだけでは、どれほど力があるか分かりません」

「……むう。確かにな。宰相、何か案はないか？」

「ふむ。正直、ヒフィー神聖国の力を借りられるのでそれだけでもいいのですが、ポープリ殿の言う通り、力量を測ることは必要でしょう。無理なことを把握しておかねば失敗に繋がりかねませんから」

「しかし、何を以て力量を測るのかだ。技術力はすでに聖剣、魔剣という現物がある、他の比べる物といえば……」

「それならば、ダンジョンの勝負でどうでしょう？」

「ダンジョンの勝負？」

「ええ。私たちも諦めたとはいえ、今まで準備をしていました。ダンジョン内の魔物の総兵力とはいきませんが、ある程度集めて勝負してみてはどうでしょう」

「……なるほどな。今まで蓄えていた力もお互い把握できるな。しかし、魔物を身内の戦いで戦死させるのはＤＰの無駄にならないか？　ダンジョンの行き来は確かゲートがあるから簡単にできるだろうが、あれを設置するだけでもかなりの費用が掛かる。我もあるのを知っているだけで一度も設置したことがない。その無駄になるかもしれない費用はどちらが出す？」

「それなら私が出しましょう。コメットが生きていた時は数多のダンジョンを行き来しておりましたから」

「……そうだったな。では、設置の問題はいいとして魔物の……」

「お待ちください陛下。ちょっとお耳を」

「なんだ？　……ふむふむ。なるほどな。よし、こちらとしても兵力は減るのは痛いが、それは今後の能力向上に繋がるだろうし、断る理由にはならんな。その話、受けよう」

よし、乗ってくれた。

しかし、何の話をしてたのかね？

あ、魔石の回収かな？

魔剣を生産するのに、魔物の魔石を集める方が、効率が良かったんだよね。

それをこっちに話すのはまだ早いね。納得納得。

さて、あとは本番を待つのみ。

第394掘：お仕事は大変である

side：スティーブ

「こちらαよりβ、Θへ、現在の状況はどうか？」

『こちらβ。所定位置に到着。全周囲警戒継続中。欠員なし』

『こちらΘ。β同様、所定位置確保、警戒継続中。欠員なし』

「了解。こちらも所定位置を確保。警戒を継続しつつ、調査部隊を展開。βは居住区、Θは工場屋内へ。未発見通路および未発見建築物への侵入は不可。それらを発見した場合は速やかに報告。αは作戦本部との連絡をとり、作戦の再確認を行う。次の連絡は10分後。行動開始」

『『了解』』

現在の時刻、0000。つまり、0時ジャスト。深夜っすね。

現在、おいらたちは、すでに2度目のダンジョンアタックの最中っす。

まあ、今はただのおさらいで、各チームの待機予定地の確保をしているだけっすけどね。

幸い、深夜だけあって特に何も問題なくすんなり、ここまでこれたっす。

いや、総勢200名近くがすんなり潜入して気が付かれないのはおかしいと思うっすけどね。

「ねー。私も様子見てこようか？」

「……黙ってるっすよ。無駄に口を開くのは禁止って言ったはずっす」

横には口うるさい小人が飛んでいて、名を妖精族のコヴィルと言うっす。

「なによ、その言い方。私が手伝って……もごっ⁉」

「コヴィル。少し静かにしようね。さすがにスティーブさんに迷惑掛けるなら僕も怒るよ？」

「……分かったわ。ごめんなさい」

「理解してくれてありがとう。この仕事が終わったらいっぱい仲良くしよう」

「うん。そうね、キユ」

キユに諭《さと》されて、ようやく大人しくなるコヴィル。

はぁ、なんでこんな五月蠅いのを潜入任務によこしたんすかね、大将は。

あと、リア充死すべし。

独身ばかりのαチーム内で、夫婦でいちゃつかないでくださりますか？

憎しみにかられたチームがフレンドリーファイアしても知らないっすよ？

というか、おいらも撃つっすよ？

と、そんなことより報告報告っと。

「こちらDA隊より、本部へ。予定時刻にズレ無し。潜入は成功。繰り返す、潜入は成功。他の状況と、今後の動きを確認したい」

『こちら本部。DA隊の作戦遅延なしは了解。他の状況、今後の動きについては……』

手早く本部への報告と確認を行って、すぐに連絡を切る。

一応、傍受系を気にしてっす。

タイゾウさんがすでに電気通信網は作っていたっすし、傍受ができる敵がいてもなんら不思議じゃないっすからね。

そこら辺は念には念を入れて注意するっすよ。

通信兵をちゃんと置いて、傍受がないか、電波および魔力の乱れがないか確認させているっす。

「さっきの無線は？」

「ノイズなし。電通信を前半、魔通信は後半で使い分けましたが、特に傍受されたような痕跡はありません。記録も取ってありますので、傍受されていたのなら、解析班にすぐにでも届けられます」

「うし、一応データの送信。ザーギスの馬鹿に届けとくっす」

「了解」

「そのあと、予定通り10分後にβ、Θとの連絡を取る。電魔力の出力は絞るのを忘れないようにするっすよ。範囲は10kmまで」

「了解」

特に問題はなしっすね。

なら、こっちもチームを動かしますか。

「よし、その他は警戒継続しつつ、ゾンビ生産所の様子を遠目で窺ってくる部隊は予定通り行くっす。後で報告を求めるっすから、しっかり監視をしておくっすよ」

「「「了解」」」

さーて、後は……。

「ねえ、なんかスティーブが真面目に働いているのって初めて見たかも」

「え？　スティーブさんはいつも真面目だと思うんだけど？」

「えー、だってさ訓練中とか、巡回の時とかだって大体めんどくせーって感じでやってるじゃない」

「あれは、周りを和やかにするためだよ。ピリピリしてたら皆に不安が伝わるからね。今みたいにやることはきっちりする人だよ」

「……へー」

ちっ、絶対疑ってる声っすね。納得してないっすね。いや、巡回の時とかはめんどくせーと思ってるっすよ。

だって冒険者区は相変わらずよそから来た冒険者の馬鹿共がケンカ売って来るから、始末書ばかりになるんすよ。

そう、周りが悪いのであっておいらが悪いわけではない。

そんなことを考えつつも色々作業をしていると、本部からの資料も届いたっすね。

もうそろそろ、10分か。

「αより、β、Θ、聞こえるか？」

『こちらβ、聞こえる』

『Θ、聞こえる』

「問題がなければ現在の状況および、今後の行動の確認を取りたい」

『βは問題なし』

『Θも問題なし』

「よし、警戒を怠《おこた》らず話を聞いてくれっす」

前日、ヒフィーさん、ポープリさんたちは予定通り、ノーブルから演習の約束を取り付けた。開始は本日昼頃。お互いダンジョン持ちであることが幸いし、演習準備のための移動時間がないのが幸いした。

逆に相手も転移系を把握していることの確認が取れた。

しかし、その発言の中で転移門はＤＰがかかると言って、ノーブルからの設置を渋っていたことから、そこまでＤＰに余裕があるとは思えないとのこと。

楽観的に考えると他のダンジョンを所持している素振りは窺えない。

だが、そんな楽観を受け入れるわけにはいかないので、予定通り、侵入している潜入部隊が予定演習戦場の把握、転移門の捜索、魔剣およびゾンビ生産所の構造把握・停止、このダンジョンを稼働させているコアの発見奪取、ノーブルおよびダンジョンマスターと関係者の確保、と目標に変わりはない。

各作戦の細かい内容は、各チームのリーダーが把握しているので、指示を仰ぐように。

作戦開始時刻はヒフィーとノーブルが演習準備に入ってから。演習開始後、ミノちゃんからの合図を待って、準備ができているなら仕掛けを全部動かす。

それまでに、ルートの把握、下準備を終わらせておくように。

分担については……。

ダンジョンアタック隊　DA隊　内訳　任務

αチーム：スティーブ部隊。ゾンビ生産工場の監視、把握。

βチーム：ジョン部隊。退路の確保、住民の状態監視、把握。

Θチーム：スラきちさん部隊。生産工場の監視、把握。

Ωチーム：ナールジア技術班。各チームが発見した技術を把握、任意で作動する細工を仕掛ける。

それが終わり次第、βチームは退路の確保で状況維持、αとΘは合流して、Ωチームを護衛して未発見地域の探索、演習予定戦場、転移門、コアの発見の後に細工を仕掛ける。

なお、ノーブルなどはミノちゃんの方に集まっているので、そこで確保する。

「と、この仕事を深夜のうちにやってしまおうということっすね」

『……全部終わらせようって話にしか見えないが』

『右に同じく』

「まあ、それが最良っしょ？　といっても、これは最良の結果であって、大将やおいらとしては……未発見地域の捜索ぐらいがせいぜいだと思っているっすよ」

『できてそれぐらいだな』

『他は運の要素が多すぎるな。しかし、それじゃどうしようもないんじゃないか？』

「いんや、全然。ミノちゃんの合図を持って演習中に仕掛けを発動するから、最低でも魔剣とゾンビ工場の生産が止まるっす。その時には、機械？　の担当者が来るはず、それかＤＰからの魔力操作があるはずっす」

『ああ、なるほど。それを辿ればコアにつくわけか』

『コアを押さえればあとは簡単。担当者が来るならその後をつければいいってことか』

「そういうことっす。残る問題は、ナールジアさんが細工できるほどの技術レベルかってことっすね。どうっすか？　写真とか見た限りでは？」

そう言って、すでにΘ、スラきちさんと行動をしているナールジアさんに聞いてみる。

『そうですねー。正直な話分からない、といったところですね。まあ、見た限りで言えば特にたいしたものには見えませんでしたから、ハッキングはたやすいとは思います。ま、あくまでも私見ですけどね』

「まあ、そうっすよね」

見ただけでハイできますって言われても信用ねーっす。

「さて、話を聞いていれば分かると思うっすけど、最優先事項はΩを誘導して、細工の支援をすることっす。これができないと陽動もなにもないっす。なので、まずは警備の薄い魔剣工場へΘがΩを護衛しつつ潜入。そこでクラッキングかハッキングか分からないっすけど、できるかを確認するようにっす」

『了解』

「αはゾンビ施設への誘導と護衛になるからしっかりするっすよ。βは居住区の確認をしつつ住民の把握、および退路の確保っす」

『了解』

「作戦開始時刻は0040。各チームへの説明、確認を速やかに終わらせて、行動を開始するっす。定時連絡は5分置き、作戦終了予定時刻は0400。準備にかかれ」

『『了解』』

ふう、えーと今の時刻は0020か、ま、20分もあれば準備はできるっしょ。

「α先行は？」

「特に問題なしとのことです」

「よし、中を探る隊を追加、先行から情報を貰うのを忘れないようにしろ」

「了解」

おいらたちもおいらたちで、Ωの支援をしないといけないから面倒っすよね。

あの人なら1人でスーッと行って戻ってきそうだし。

まあ、そんなことはさせられないってのは分かるっすけど。

「ねえ。なんで私が族長と別行動なのよ」

「あん？　そりゃー、もちろん別行動っすよ。万が一があった場合、一網打尽は避けたいっすからね。どっちかが残っていればどうにかなるっすよ」

「私、そこまで機械は詳しくないけど？」

「あー、そりゃ自覚がないだけっすよ。ナールジアさんのように無茶苦茶兵器を作るわけじゃないっすけど、妖精族としての基礎能力に高精度の魔力操作があるっすからね、まあ、ナールジアさんほどじゃないっすけど、ある程度こういう細工は得意っしょ？　イタズラよくしてるし」

「うっ、そりゃそうだけど……やれって言われてできるかな……」

「大丈夫だよ。僕のコヴィルならできるさ」

「あ、うん。そうね。キユがいるんだもん。絶対上手くできるわよね」

けっ、リア充はくたばるっすよ。

それがαチームの、いや全人類モテない生物の総意っす。
ああ、神よ。なぜこのように、人を差別なさったっすか？
『知らないわよ』
ああ、駄目神が出てくる時点でお察しっすね。
『ゴブリンのクセにいい度胸じゃない⁉』
覗き見してないで、そっちの仕事してから言ってくださいっす。
大将に暴露して、酒を届けないようにしてもいいっすよ？
『すみませんでした。どうかなにとぞ……』
あ、すみません。作戦開始時刻なんで。
『ちょっ⁉　ねえ、本当に喋らないわよ……』
脳内チャンネルを切る。
あの人、勝手に魔力を繋げて脳内会話するから困ったものっす。
まあ、こういった冗談にしか使わないから無害なんでしょうが。
こうでもしないとやってられない神の仕事とか、考えただけでもゾッとするっすね。
「αより、β、Θ、およびΩ用意はどうか？」
『β準備完了』
『Θ準備完了』

『Ω、いつでもいけますよー』

「よし、時計合わせ……5、4、3、2、1、作戦開始」

『β行動開始』

『Θ魔剣生産工場へ移動開始』

『Ω、Θについていきますー』

さーて、約3時間ですんなり終わるっすかね？

そうだといいなー。夜間業務とか眠くてたまらないし。

第395掘：演習前の癒し

ｓｉｄｅ：ヒフィー

「ほう。これはなかなか強力な魔物たちだな」

ノーブルは私たち……いえ、ユキ殿たちが用意した魔物軍を見て感心しています。

それはそうでしょう。

ここにいるのはユキ殿の直下の魔物たちなのですから。

「しかし、これだけで足りるのか？」

「それの実験でもあります。ミノタウロスを主軸《じく》とした部隊ですから、ゴブリンやオークと比較して単純に10倍20倍は力差があるでしょう」

「なるほどな。１０００ほどいるのであれば、これだけで1万の兵力になるということか」

「そういうことで、ノーブルには最低でも10倍は兵を用意してもらわなければいけませんができますか？」

「質か量かということだな。幸い私たちは量をとって魔物たちを集めていたからできる。が、無論、我も負ける気はないぞ？　いいのか？　これほどのミノタウロスが死体になってしまって？」

「この程度で負けるのなら、世界など無理に決まっています。そちらの魔剣の材料にした方が良いでしょう」

「確かにな。我の所もこの程度で敗れるならそれだけだったということだ。手加減は無用ということだな、お互い」

「そうですね。全力でお相手しましょう」

私がそう言うと、ノーブルは真剣な顔になり頷く。

「しかし、我にこの戦力を見せてよかったのか？　我の兵を見なくてよいのか？」

「軍神が戦力を把握して負けるなら、私たちが協力する必要性は感じません。勘違いしているようですが、力を把握したがっているのはノーブルだけではありません。私も見ているのです」

「分かった。軍神と呼ばれた力、見せてやろう。完膚なきまでに倒して見せよう。昔のように勇者に頼り切りではないぞ？」

「楽しみにしています」

そう言ってノーブルは自分の準備のため、私たちの陣地から離れます。

「いやー、存分に挑発したね。あれで、なんとしても潰しにくると思うよ。あっはっは……‼」

笑いながらミノタウロスの間から出てきたのは、コメットです。

「……楽しそうでなによりですが、ちゃんと仕事はしたんですか？」

「もちろんさ」

「だといいのですが。報告をお願いします」

「つれない言い方だね。ま、いいか。とりあえず、各部隊からの報告は準備完了だそうだ。というか、すでにスティーブ君たちはダンジョンアタックを開始している。予定通りに進行中とのことだよ。霧華も動き出しているし、エリスたちも城からわざわざ城下見物ということで離れて、いつでも撤退できる状態にしている。あとは私たちが動き出せば、完璧というやつだね」

「そうですか。で、私たちと一緒に行動する魔物軍の準備はどうなっているんですか？」

「そっちは私から説明することじゃないね。頼んだよ。ミノちゃん」

そうコメットが言うと、ミノちゃんさんが他のミノタウロスの後ろから出てきます。

……さすがはユキ殿の直臣と言われている魔物です。

直接顔を合わせるのは初めてですが、体からにじみ出る魔力、その体格からの威圧感。どこから見ても威風堂々。

これが、スティーブさん、ジョンさん、スラきちさんと同等といわれる四魔将の魔物ですか。

おそらくは、このミノちゃんさんが魔物の中で一番の実力者。

「ども、ヒフィーさん。今回、この作戦指揮を任されることになったミノちゃんと申しますだ」

「は？」

あまりのことに声を出して驚きを表してしまった。

だって仕方がないじゃないですか。

恐そうだと思っていたのに思い切り頭を下げてきて、しかも田舎訛り。

不思議すぎます⁉

「えーと、コメットさん。何かヒフィーさん、おでれいてるだども……」

「気にしなくていいよ。どうせ自分のイメージと離れていたから不思議だったんだろうよ。ごめんね、ヒフィーは頭が固いから」

頭が固くて悪かったわね‼

でも、ミノちゃんさんはこちらの様子を窺って、またコメットに振り向きます。

「あー、やっぱり、おらの喋り方ヘンだべ？」

「全然変じゃないよ。田舎訛りなんてどこでもあるさ。特に馬鹿にしてるとかじゃないから、もうほっといてそのまま話を進めてくれていいよ」

「そう、だべか？」

なんか凄く繊細なんですけど⁉

コメットはフォローしてるけど、絶対自分の訛りを気にしている様子です。

「あーもう、ヒフィー。ミノちゃんに謝りなよ。いじめ、カッコ悪いよ」

「誰がいじめてますか‼　ただ、丁寧な物腰に驚いていただけです。失礼しました。てっきり、スティーブさんたちのような武闘派が来られるかと思って身構えていましたので……」

「ああ、なるほどなー。スティーブたちは荒っぽいもんなー。と、では改めて、初めまして、おらが今回の作戦指揮を執ることになっているミノちゃんと申しますだ。じゃなくて申します。ヒフィーさん、よろしくお願いします」

「はい。ご丁寧な挨拶をどうも。ミノちゃんさん、初めまして、こちらの大陸で神をやっておりますヒフィーと言います。今回はこのようなことになりながらも、力を貸していただき真にありがとうございます」

ほっ、丁寧な方で安心しました。

こちらの意図を無視して暴れる可能性もあったのですから。

「で、早速ですが、軍の状態はどうなのでしょうか？」

「はい。すでに準備は終わっていますだ。号令1つで攻撃開始できるべ。あとは敵の戦力をどうやってこちらに継続的に引きずりだすかだべ。あと、ノーブルの監視もだべな。万が一にもこの場から動かすわけにはいかないべ。他の皆が危険になるべ」

「なるほど。とりあえず、継続的に引き出すためには、なるべく短時間で倒していただきたいです。彼の性格上、一瞬で負けたりする方が精神的に堪えるでしょうから。ノーブルの方は私とコメットが横で一緒に観戦していますので、逃がすつもりはありません」

「了解したべ。なら……」

ミノちゃんさんが何かを言い掛けた時点で私が待ったをかけて、話を続ける。

「しかし、この前提には勝つということがいります……聞きますが、相手の軍に押し負けるようなことはないのでしょうか？　いえ、決して馬鹿にしているのではなく、確実な勝算があるのかと。あなた方は私の配下でも部下でもありません。無理に命を散らすようなことを強要するつもりはありません」

「聞いていた通り優しいお人だべな。ま、そこら辺はやってみないと分からないべ。戦争ってのはそういうもんだべ。数字だけですべてが決まるわけじゃないべ」

「それは、そうですが……」

「ということで、おらの話の続きだべ。とりあえず、大将から使用許可を貰った兵器や魔術の一覧だべ。これで敵さんをどうにかできると思うか確認して欲しいべ」

ペラっと1枚の紙を渡される。

そして、私は固まった。

「コメットさんもどうぞ」

「どうも。さてさ……」

コメットも固まった。

だって……。

拳銃、アサルトライフル、手榴弾、RPG、携帯式ロケットランチャー、ミニガン、トーチカ、多連装ミサイルランチャー、戦闘用火炎放射器、指向性地雷、試作レーザー兵器、装甲車、戦車、ナールジア武装兵器群、戦略級魔術、戦術級魔術等々……。

……国を亡ぼすつもりですか。

「どうだべ？」

しかし、ミノちゃんさんはいたって真面目のようです。

確かに、戦場は何が起こるかは分かりません。

しかし、しかしこれは、ノーブルの軍神としてのプライドが木っ端微塵になるのではないでしょうか？

「問題があるべ？」

「あー、いや、確かにこれだけあれば安心だよ。でも、ヒフィーを見て分かると思うけど、たぶん過剰だと思う。ミノちゃんたちが心配して、ユキ君も万が一を懸念して使用許可を出したというのは分かる」

「やっぱりだべか。コメットさんの言う通り、とりあえず持っていけって言われただべ。あんちゃんからこれを全力使用することがあれば、撤退しろって言われているべ」

「そうだろうね。というか、そんな状態になれば撤退できるかも怪しいけどね」

「だべな。向こうも同じような兵器を持っているってことになるべ。その時に無傷で撤退するのは厳しいべ。とりあえず、使用制限はどうするべ?」

「うーん。と、ヒフィー、いつまで固まっているんだよ」

「はっ!? え、えーと、とりあえず、魔術は一般的な物だけで、戦略級、戦術級はここら一帯が消し飛びかねませんし、兵器もミニガンまでですね。トーチカとか戦車とかも火力がありすぎだと思います」

「ヒフィーの意見に賛成だね。その火力になるとダンジョンがどうなるか分からないし」

「おらも同意見だべ。ま、これらは最終手段だべな。じゃ、そこら辺を通達してくるべ」

「はい、お願いします」

「頑張ってねー」

そう言って、ミノちゃんさんが背を向けて離れて行ったのですが、途中でぴたりと止まり。

「そういえば、1個聞くの忘れてたべ」

「なんでしょうか?」

「なんだい?」

「ナールジアさんの武装兵器だども……」

「えーと、よく分からないのですが、コメットは……」

「ダメだよ。ナールジアの武装兵器とか、こんな所で使うもんじゃないよ」

コメットに聞こうとしたら即答された。

「やっぱダメだべか」

「ダメに決まっているよ。確かに火力としては戦車とかの方が上だから、ナールジアのを使ってもいいじゃないかと思うけど、武装型兵器は1個1個、ナールジアの趣味で作られている。つまり兵器としてバラバラの性能なわけだ。それを全部把握した上で使うわけじゃないんだろう？」

「実験して欲しいって頼まれたべ」

「なら使用は絶対ダメだね。下手をすれば自滅しかねない。少数パーティーならともかく、軍隊ではバラバラな火力の武器なんて邪魔でしかない」

「あんちゃんと同じ意見で助かったべ。まあ、こっちも乱戦になれば使っていいとは許可を貰ってるべ」

「ああ、乱戦になればこれ以上強力な武器はないだろうね。そうなれば最悪ミノちゃんとか幹部クラスは普通に生き残れるだろう」

「……それほどなんですか？」

「「それほど」」

……世の中はやっぱり広いです。

コメットが断言するほど危険な物を作れる人がいるなんて。

「と、じゃ、おらは指示に戻るべ」

そう言ってミノちゃんさんは今度こそ魔物たちの中に消えていきます。

「さーて、もうこの演習、寝てていいんじゃね？」

「そういうわけにはいかないでしょう。多くの命がかかっていることには間違いないのです」

「いやー、だってさ、私、ノーブルが唖然とする顔見て笑わずにいられる自信がない」

「我慢しなさい。寝てたら、ミノちゃんさんに流れ弾を要求しますよ？」

「絶対にやめてよ⁉ 死ぬから⁉」

「とりあえず、観戦位置まで戻りましょう。ミノちゃんさんには準備ができ次第、開始位置に就くと言っていましたし」

「了解。はぁ、笑わないとかきついなー」

そして、観戦位置に来ると、すでにノーブルは待っていて、横にはひょろっとした男性が立っていました。

「そちらの準備も整ったようだね」

「ええ。で、其方の方は？」

「ああ、紹介しよう。我が魔物軍の根幹《こんかん》を作ってくれた、魔道具技師のビンゾだ」

「どうも初めまして。ノーブル陛下と同じ神のヒフィー様。今日はよろしくお願いいたします」

「え、ええ。よろしくお願いいたします」

何かとても気持ち悪い。

「ふふっ、で、其方が天才コメットだったモノですね」

「……黙りなさい。私の友を侮辱することは許しません」

「これは失礼いたしました。しかし、感謝いたします」

「……なんのことでしょうか？」

「貴女様から死体を利用すればいいと教えてもらいましたので。ここまで陛下の軍は強くなりました」

「どういう……」

そう言いかけて、ノーブルの軍を直視した瞬間口を押さえました。

「うっ……」

腐ってる？　生気を感じない。あれはアンデッド……。

「なんて、ことを……」

「おやおや、合理的な判断ですよ。魔石を取った死体を再利用してるだけです。そちらのコメット殿と同じようにね」

「やめい。ビンゾの失礼な態度には謝ろう。しかし、これは私が命じたものだ。甘さだけでは世界は救えない」

「……ノーブル」

「覚悟は遥か昔にできている。間違っていると思うのなら、まずはあの不死の軍団を止めてみせてからだ。力ない者は従うしかないのだからな」

「……ノーブル」

貴方《あなた》はそこまで……。

「……ノーブルの覚悟は分かりました。ならばこちらも全力で当たります」

「そうか、ならば始めようか。ビンゾ、旗を倒せ」

「はっ‼」

そして、開始の合図である旗が倒され……轟音が鳴り響いた。

第396掘：理解及ばぬ世界

side：ノーブル

私は目の前の光景に呆然としていた。

「なに、が、起こった」

理解ができない。追いつかなかった。

なぜなら、我が軍のアンデッド部隊が、ヒフィー殿たちの魔物軍に接敵するどころか、動く前に轟音と爆炎と共に前衛が吹き飛んだのだ。いや前衛だけではない、中衛、後衛もいたる所で轟音と爆音が鳴り響く。

しかし、それだけでは終わらなかった。

いや、それが始まりだった。

絶え間なく続く轟音。

肉塊へと戻るアンデッド。

……これでは進軍どころではない。

「あり得ない。あり得ない。あり得ない……」

横ではビンゾが頭を抱えてうわごとのように呟いている。

そうだ、これはあり得ないことだ。

何をしているのかさえ分からない。

「ノーブル」

「!?」

私に声を掛けてくるヒフィー殿の声が鋭い剣のように体に突き刺さる。

私は顔をヒフィー殿に向けることもできずに、いや、ヒフィー殿の顔を見た瞬間、私は終わると思った。

「……いまだお互いの軍は動いていませんが。何か問題でもありましたか？　これでは演習ではなくただの的当てです。仕切り直しでもしますか？　これでは評価のしようがありませんから」

……確かに、これでは評価のしようがない。

しかし、それは正しいことなのか？

だが、私の今まで培ってきた経験でも判断ができないでいる。

何が起こったのか理解できていない。

仕切り直しても同じことの繰り返しになるのではないか……と。

「そ、そうです‼　仕切り直しをしましょう‼」

ヒフィー殿に返事をしたのは我でなくビンゾだった。

「戦闘停止を呼びかけてください。1時間後にもう一度としましょう」

「分かりました」

ビンゾは我の判断を仰がず、ヒフィー殿と約束をする。

何か分かったのか？ 彼は私とは違い技術者であり、エクスでの最高の頭脳の持ち主である。

「陛下、おそらくは例の誤作動です」

「誤作動？」

「はい。見ての通り、戦闘を停止した途端に轟音が途絶えました。おそらく戦闘態勢の魔力に減衰機関が耐えられず爆発したのでしょう。相手は動いておりませんし、魔術を撃つにも距離がありすぎる。となると、それしか考えられません」

「……確かに。あの距離からあれだけの威力を誇る魔力を使わない武器があるわけがない。となると、その可能性しかないのか」

「その通りです」

「しかし、これは立派な失態だ。処分は後で伝える。今は、誤作動がないように調整してくることだ」

「はっ」

……なるほど、そういうことか。

味方の自爆なら理解できないはずだ。

相手の攻撃を理解しようとしたのだから、分かるわけがない。

向こうはクロスボウみたいなものを構えただけ、それで攻撃ができるわけないのだ。

弦も張らず、矢もつがえず、撃つことなどできない。

……ヒフィー殿の所には魔剣とは別に火を吹く杖《つえ》があると言うが、あれは火を吹いてもいないし、杖でもない。

そう、だから私の勘違いだったから理解できるわけがなかった。それだけだ。

「ノーブル。兵の補充はするのですか？」

「あ、ああ。その予定だ」

「そうですか。アンデッドとはいえ、補充できる体制ができているのですね」

「そうだ。今ヒフィー殿たちが対峙しているのはアンデッド全体のおよそ半分だ。そして、これを主軸に各国へ攻め入る予定だ。これならば心は痛むまい」

「……なるほど。しかし、それではノーブル、貴方は魔王の再来と呼ばれることになりますが。いいのでしょうか？」

「民の犠牲を減らす唯一の手段だ。徴兵して不満を抱かせず戦死させることもない。しかも、アンデッドなら占領した地域での横暴も働かない、命令に忠実。これほど便利な兵力は存在しないだろう。排すべきは、国を司る者たちだ。それならば我が魔王と呼ばれて連合が組まれるのは都合がいい。敵対する国は滅ぼせばいい。敵か味方かを判別するのに魔王という役柄は実にありがたい」

「私は、それを人の手で行うべきと思っていました」

「……その話も分からないでもない。今まで無為な血を流させてきたのは各国の為政者たち。その報いを他人に委ねるのではなく、自ら行うべきというのであろう？」

「ええ。そうしなければ今まで死んでいった人々が報われない」

「……だが、そうすれば新たに犠牲も出る。だから、剣を振り下ろすのをやめた。違うか？」

「……」

「復讐は正しい権利だ。人として正しい感情だ。今までの思いには報いねばならぬし、無下にした相手にはそれ相応の代価を払ってもらう必要がある。だからこそ、我は敵対する相手に、人を差し向けたりはせぬ。骸《むくろ》を積み上げてきた相手には相応しい相手だろう」

「……酷い皮肉ですね」

「だが、正しいモノの見方だ。民の命を、我らと敵対する輩《やから》たちにくれてやる道理はないし、向こうの尊厳を守ってやる必要性もない。甘さは自らを滅ぼす。それは、よく知っているだろう」

その甘さで、勇者たちを、自らの教え子たちを、失ってきたのだから。

「……そうですね」

彼女は私の言葉に寂しそうに声を返す。

……しまった。

迂闊に言ってよい話ではなかったな。

「すまない……」

「いえ、お気になさらずに。ただの事実です……この程度で動揺しているようでは、この先に続く茨《いばら》の道など歩めるわけもない。この演習で負けるのであれば、ノーブル殿に力があるのは明白。その時は安心して戦いを貴方に任せ、私は後ろで民の安寧に努めましょう」

「……そうか。理解してくれて感謝する」

ならば、我はこの場で納得、安心させるほどの力を見せなければならぬ。

「……しかし、万が一にも私たちに敗れたのであれば、その時は聞いてもらいたいことがあります」

「聞いてもらいたいこと?」

「ええ。どのみち、私たちに敗れるようでは先などありません。違いますか?」

「……確かにそうだが」

「有益な情報です。貴方が強ければ些事にしかならない。しかし、私たちに負けるようであれば、些事どころか、どうにもできないことがあると伝えなくてはいけません」

「ヒフィー殿が演習を受けた本当の理由はそれか」

彼女が知る脅威に対抗できるだけの力があるか、それを見極めたかったのか。

「……正直に言って、先ほどの結果は心配でなりません。ノーブル殿の軍神の名を疑わざるを得ない事態になっています」

確かに、戦う前に自爆では心配どころか、本来であれば現場の将軍職を更迭、軍事裁判にかけるレベルの話だ。


「同じ神のよしみです。次に期待しますが、後はないと思ってください」

「しかし、万が一負けた場合は話を聞くだけでよいのか？」

「それほどの事態なのです。愚者であろうと手を借りないわけにはいかないのです。正直に言ってこちら側に降って欲しいぐらいですが、それでは国がいらぬ混乱をするだけです。ですから話を聞いて同盟でもできればいいぐらいですね」

「それほどの事情があるのか」

「ええ。ですから、こちらを失望させないでください。国として出し惜しみは必要でしょうが、これではノーブル殿を軍神とは二度と呼べないでしょう」

「……そこまで言うのであれば、我の本当の力を見せてやろう。動員できる最大限の数でお相手しよう」

「いえ、無理にそこまでしていただかなくても」

「なに、補充は時間をかければできるのだ。そして、我が直々に指揮を執る。これで敗北はないぞ？」

「……いいでしょう。軍神の腕が鈍っていないか、この目で確認させてもらいます。死んでも知りませんよ？」

「言ってくれる。良かろう。この軍神を討ち取れるのであれば討ち取ってみるがよい‼　ただし、我が出るのだ。ヒフィー殿の軍の壊滅は避けられないぞ？」

「それを期待しますよ。軍神」

「ふっ、では期待して待っているがいい。代わりにビンゾをこちらに戻す。それから開始の合図を頼む」

「分かりました」

しかし、ヒフィー殿がここまで恐れる事情とはいったいなんなのだ？

しかも別れ際、彼女は珍しく笑っていたように見えた。

……なにか、不吉なものを感じるが、勝とうが負けようが話は聞くのだ。

ならば、堂々と打ち破り、彼女を安心させて、その事情を聞けばいい。

そう、それだけだ。

「ビンゾ、準備はどうか」

「陛下？　どうしてここに？」

ビンゾは魔力減衰のアクセサリーを確認している最中のようだ。

「ヒフィー殿に我が衰えていないと見せるために、我がこの演習の指揮を執ることになった」

「そ、それはさすがに危険なのでは⁉」

「確かに、危険はある。だが、先ほどの失態で向こうの信用をなくしている。我としてはそれは何としても払拭せねばならぬ」

「わ、私が至らぬばかりに、大変申し訳ございません‼」

　ビンゾは青い顔をして頭を下げる。

　ああ、暗にお前の責任だぞと言ってしまったか。

「顔を上げよ。確かにビンゾの失態もあるが、あの道具を今回の演習に投入したのは我の指示だ。ビンゾは今まで無理をしてその力を貸してくれた。この程度のことで罪を問おうとは思わぬ。まあ、建前上の罰はあるがな」

「建前上ですか？」

「ああ。この演習が終わった暁には、どうせ長い話し合いだ。その間ぐらい、休暇を取って体と頭を休めよ。お前は私にとってなくてはならぬ存在だ」

「はっ。もったいないお言葉です‼」

「謙遜するな。と、そこはいい。どうだ、調整は？　使えそうか？」

「あ、はい。とりあえず、サーチ魔術で確認を取りましたが、特に問題はありませんでした。おそらくはあの戦闘で不具合品は全部なくなったかと」

「ふむ。そうか。サーチの魔術で不具合品は確認できなかったか。ならビンゾの言う通り、なくなったと思うべきだな。しかし、その不具合品はどうしてできたのか、だが……」

「おそらくは生産ラインの問題でしょう。あそこから手作業ですし、わずかに傷がついたりなどしたのかもしれません」

「……なるほどな。あとで生産ラインの体制の見直しだな。よし、ビンゾはヒフィー殿の所へ戻れ。我が陣頭指揮を執り、確実に勝利を収める」

「はっ‼ ご武運を」

さて、周りはアンデッドではあるが、下手な兵士よりも数倍強い。

これで、負けては信頼をなくすのは道理だ。

私とて、この軍を指揮して負ける理由が見当たらない。

人として道を踏み外していようが、それでも進むと決めた軍神の力をヒフィー殿に見せてやろうではないか。

いかなる事情も、些事であると‼

「増援は、前衛に向かえ‼ 盾を構えて、ファランクスで接近し、蹂躙《じゅうりん》する‼」

我の指示に声もなく、的確に動くアンデッドたち。

些か気分は盛り上がらぬが、これ以上ないぐらいの我が手足。

負ける道理はない。

旗が倒れるのが見える。

「進め‼　目の前の敵を、粉砕せよ‼」

そして、閃光《せんこう》が我が軍に降り注いだ。

「なんだと⁉　また不具合か⁉　い、いや、これは……」

不具合などではない。

これは、敵の攻撃だ。

明らかに敵の方向から飛んできていると分かる。

なぜだ、なぜこんな攻撃ができる⁉

剣でも弓でも、魔術でも魔剣でもない⁉

これは……いった……。

バスッ。

腹部からそんな音が響く。

無造作に、手を当て傷があるのを確認する。

「ぐっ……」

何かが体の中に入り込んでいる。

「……そうか、これを弾きとばし……」

最後まで言葉が続けられない。

我は、最後まで結局愚者であったか……。

第397掘：保身を謀った結果

side：ヒフィー

目の前では予想通り、勇ましく出てきた軍神の軍勢が、あっさりと倒れていく様が見えます。

その中で軍神本人も倒れてゆくのが見えます。

『ミノちゃんより、ヒフィーさんへ。ノーブルへの狙撃命中。無力化に成功。魔力、スキルの封印展開確認。封印弾の作動も成功。ノーブル捕縛成功。掃討作戦に移行するべ』

「了解です」

『ノーブルは重傷。腹部に銃弾が命中。まあ、さすがは神だべ。とりあえず、ヒフィーさんの所に運ぶべな』

「……分かりました」

ちっ、さすがに殺しはしないですか。

誤射でどうにかならないかと思っていたのですが、そうはいかないですね。

凄まじい練度です。

最初から高威力の兵器で消し飛ばすべきだったでしょうか？

いいえ、ここからコメットに頼んで、消し飛ばしてもらえばいいのではないでしょうか？

そうすれば、責任はすべてコメットに向きます。

これは、名案ではないですか‼

いえ、それともこちらに戻って来た時に、治療するふりをして止《とど》めを……。

「へ、陛下⁉ な、なんてことだ⁉ あ、あり得ない⁉ い、いや、ヒフィー殿‼ なんてことをしてくれたのですか‼」

私がコメットに指示を出す前に、横で呆然としていたビンゾとかいう人が慌ててこっちに文句を言ってきました。

というか、こんな人いましたね。すっかり忘れていました。

最初のコメットへの暴言もあって、存在を無視していたので、視界に入っていてもいないような感じでした。

ちっ、これではこっちの口封じは無理ですね。

いっそのこと、この人もまとめて……。

と、いけないいけない。

エクスの民の命運が握られているのです。

私個人の私怨で動くわけにはいきません。

まずは、残りの主要人物を押さえなくてはいけません。

……それからでも、遅くはないはずです。

「何をと言われましても、これは演習ではありますが、お互いの力を測り、知るものというのは話した通りだと思います。ノーブル殿もやれるものならどうぞと言っておりました」

「だからと言って……‼」

「そちらも、こちらの軍勢を材料にしようとしていたのですから、何も問題はありません。というより、この程度で足をつく相手を同等と見れるのですか？　そもそも、これは2度目です。1度目で私たちの攻撃手段を判断するどころか、自分たちのミスという観察力。失笑ものです」

「し、仕方ないでしょう‼　あ、あんな武器、存在するのがおかしい‼」

「……ビンゾ殿。貴方も技術者の端《はし》くれなら現実を見なさい。今、私たちの攻撃で手も足も出ずに敗北しているのは、貴方たちなのです」

「ぐっ……」

ビンゾ殿は顔を伏せて悔しそうに手を震わせています。

「ああ、安心してください。ノーブル殿はご無事ですよ」

「え？」

「さすがに、私も久々に再会した同胞を殺すつもりはありません。ただ、これから直面するであろう問題を話すには、私たちの実力も把握した上で判断して欲しいと思ったのです」

「……これほどの力があっても、躊躇う事情があるのですか」

「そういうことです」

そんなことを話しているうちに、ミノちゃんさんが自らノーブル殿を連れてきました。

床にゆっくりとノーブル殿を下ろしますが……。

「へ、陛下!?　陛下‼」

ビンゾはそのノーブルの姿を見て慌てて駆け寄り呼びかけます。

まあ、お腹を真っ赤にしてますからね。

しかし、ビンゾ殿のあの慌てた様子を見れば、ちゃんとした信頼関係があるのでしょう。

と、いけない。

このままヤルのはダメですね。

ミノちゃんさんの目がありますから、話し合いに持って行って口封じする方が安全そうです。

「ビンゾ殿、落ち着いてください。治療をいたしますので、下がっていてもらえますか？」

「どうか、どうか陛下を‼」

「もちろんです」

こんなことでエクスの王が崩御すれば、どう考えてもエクス国内は大混乱に陥ります。

それればかりか、隣国も黙っておらず何かしら動くでしょう。

と、ノーブル殿が死ぬだけでこれだけ問題が起こるのです。細々としたことを考えると民が被る被害は計り知れないでしょう。

ですから、ユキ殿は話し合いができるならと私やポープリの派遣を認めてくれたのです。

……ここでキュッとできれば、どれだけ私は救われるだろうか……。などと考えたりはしていませんとも。

「……う、ぐっ」

「陛下!?」

そんなことを考えつつも、治療は行っていたので、ノーブル殿が意識を取り戻したようです。

しかし、腹部に銃弾を受けて昏倒していたのに、よくその日のうちに意識が戻りますね。

タイゾウ殿の銃の場合は治療が成功しても、2日3日は寝たままなのですが。

あ、そう言えば特殊弾丸とか言っていましたっけ？　それで殺傷能力も抑えたのでしょうか？

それとも、さすが軍神と、ノーブルの生命力のおかげなのでしょうか？

「よかった……よかった」

「ビン……ゾ？　……ああ、ヒフィー殿。私、は、負けたのか」

「ええ。演習は勝たせてもらいました。しかし、相変わらず前に出るのがお好きですね。こういうことになれば、軍は瓦解するというのに」

「……性分だ」

「ふむ。思ったよりも元気そうですね。少し休んだら、私の話を聞いてくれますか？」

「……約束は守る。というより、これほどの力があって、問題になること、という方が大問題だ。ぜひに聞かせてもらおう」

そんなことを言いつつ、すでにビンゾ殿の肩を借りて起き上がっています。

……たぶん、弾がではなく、この人がしぶとかったというのが正しいのでしょう。

私とは違うタイプですね。まさしく戦いの申し子といっていいでしょう。

「と、そう言えば聞きたかったのですが、このダンジョンを動かしているのは、ノーブル殿なのですか？　それとも……」

「サクリだ」

「彼も生き残っていたのですね」

「いや、ほぼ死んでいた。こっちは魔術や技術の才能は並だったのでな。そちらのようにアンデッドで復活……などと都合のいいことはできずに、魔王戦役で我らが壊滅した時に、死にかけていたサクリにコアを埋め込んで、何とか生きながらえさせた。両足、片腕をなくしてしまったがな」

「……コアを、そんな時から？」

「いや、それはただの偶然だ。もともとダンジョンマスターだったからコアの受け入れができたのだろう。我としても確信があったわけではない、一か八かだったのだ。まあ、成功はしたが、それを他人に試すようなことはできなかった。そちらとは違ってＤＰはカツカツだったのでな」

「……」

「なに、戦いの中での出来事だ。そう気に病むことはない。サクリも納得している」

ノーブル殿はそう言ってくれますが、どう聞いてもやっぱり私たちが原因でしょう。

いや、厳密にはそっちに攻め寄せた、当時の魔王であるピースが悪いのですが……。

でも、元はコメットの部下ですし……。

やはり、ユキ殿がこの事実に気が付かないわけがない。

ユキ殿は異世界よりルナ様から招かれた人であり、それゆえに、神や人、偉い偉くないで判断を変えることはありません。

それゆえに、今回の件において、騒ぎを起こしたノーブルにも何らかの罰を与えるつもりでしょう。私に与えたように……。

さすがにエクスが混乱に陥るような処罰は下さないと思いますが、そうなると、話の過程で私たちが最大の原因と伝えられてしまいます。

そうなれば、あの時の罰ゲームの再来となるのは必然。

あんなことは何としても避けなくてはなりません。

では、どうすれば私たちへ累が及ぶのを避けられるか？

正直言って、あの罰ゲームさえ避けられればいいのですから、ほとぼりが冷めたあと、ノーブルの一件が終わった後ならば、色々忙しいでしょうし、私たちだけのために罰ゲームを準備する余裕はないはずです。

つまり、この一時だけを凌げればいいのです‼

これならば、説明は簡単です。

遥か過去のことは詳しく話さず、今やってきたことを話してもらえばいいのです。

適当に、昔話は今は関係ないとか、簡潔に説明するようにといえばいいでしょう。

こちらの事情を説明すれば、そういったことは些事と思えるはずです。

よし、イケる‼　これは、イケます‼　完璧と言っていいでしょう。

問題は、先にユキ殿たちが、ノーブル殿やサクリ殿と話をして、昔話を聞いてしまうことですが、ノーブルはすでに私たちが押さえていますし、サクリ殿もノーブル経由で私たちが接触するのが先でしょう。

勝った。最後の最後に大事なところは守り抜いたのです‼

「……ふぅ。とりあえず、ビンゾ、サクリたちと連絡を取ってくれ。我は何やら先ほどのダメージで上手くスキルや魔術が使えぬ。ヒフィー殿から重要な話がある。全員ダンジョンの会議場に集まるようにと」

「はっ」

よし来た‼　これで、私の勝ちは揺るぎな……。

「あ、ヒフィーさん。言い忘れてただども、すでにダンジョンの掌握、サクリと呼ばれるダンジョンマスター、エクス王城内で宰相、ゾンビの生産工場でシュミットとかいう責任者を捕縛したべ」

そんな声が、ミノちゃんさんから聞こえる。

「え？」

目が点になる。

そう言えば、潜入部隊の進捗報告は来ていませんでしたが……。

え？　冗談？

「そちらの魔物は喋るのか⁉　と、今はそんなことはどうでもいい、サクリたちを捕まえただと、そんな馬鹿な話があるか。ダンジョンの最奥に強力な魔物とトラップを幾重にも重ねた場所にいるのだぞ‼」

「へ、陛下。サクリ様、宰相、シュミットたちと連絡が、と、とれません……」

うっそー⁉

「えーと、ノーブル陛下。おら、先ほどの演習で指揮を執っていました、ミノちゃんと申します。先ほどの指揮は見事でした。あそこまで軍を指揮するのはなかなかできるものでないと思いますべ」

私たちの驚きは無視して、ミノちゃんさんがそんな挨拶をノーブル殿にする。

「あ、いや。我は負けたのだがな……だが、称賛の言葉嬉しく思う。ミノちゃん殿の指揮も素晴らしかった」

あ、ちゃんと挨拶返すんですね。

「して、ミノちゃん殿。先ほど我が忠臣を捕らえたという話だが……」

「あー、ちょっと待ってくださいべ。もうすぐ、準備が整うはずだから……」

「準備？　何を言って……」

……準備？　まさか……。

私の頭の中に嫌な想像が過ります。

『へいへい‼　ノーブルだっけ？　やっほー』

いきなり空中に映像が投影されます。

その映像にでかでかと映っているのは……。

「ル、ルナ様⁉」

「陛下？　あの絵の女性とはお知り合いなのですか？」

そう、ルナ様。

我らより上である上級神。この世界で、至上の女神。

「我々神々の頂点に立たれるお方だ」

「な、なんですと⁉」

ノーブル殿はわなわなと震えて、ビンゾは先ほどよりも驚いた様子です。

それはそうでしょう。

本来、神とはそういうモノです。

気軽に呼び出せる存在ではないのですが……。

映像の端に映っているユキ殿は例外で、必要とあらばルナ様を自由に動かせる人物です。

さすがに必要な代価は支払っているでしょうが。

『さっきからコメットを通じて話を聞いていたけど。まあ、これで納得できたでしょう。ダンジョンの掌握なんて、私にかかれば、ちょちょいのちょいよ』

ん？　今、誰から通じて話を聞いていたって？

「はっ。それならば疑いようもございません」

『色々、こっちもそっちを探っていたのよ。まあ、詳しい話は会場で説明するから。迎えを寄越すから、待っていなさい。あ、サクリたちは無事よ。怪我1つないから安心しなさい』

「ありがとうございます」

ノーブル殿はすっかり礼を取って萎縮している。

しかし、そんなことはどうでもいい。

コメットを通じて……つまり、さっきのことだけを聞かれたなんて都合のいいことはなく……。

『あ、ヒフィー。全部ばれてるから』

「あ、あの、悪気は……」

『ん。大丈夫。私に任せなさい‼　今回の罰ゲームは私とコメットが考えた至高の芸術といってもいいわ』

コメットと？

「また裏切ったわね⁉」

「仕方なかったんだよ⁉　言ったろ⁉　ゲームを人質に取られたって‼　大丈夫、君にとってもいいことだから、きっと……」

そう言って、目を逸らすコメット。

「こっちを見て言いなさいよーーーーー‼」

side：スティーブ

なんでルナさんがおいらの心の中に絡んできたかと思えば、最初からグルだったわけっすね。

この出番を今や遅しと待ってたわけっすね。

暇潰しにおいらたちを監視、覗き見をしながら。

「……隊長」

「なんすか？」

「ヒフィーさん、マジで泣いてません？　あれ、本当に連行するんですか？」

「……我々の仕事は、ヒフィー殿を連れてくること。おいらたちが泣かしたわけではないので問題ナッシング。それとも、おいらたちが代わりになるっすか？」

おいらがそう言うと、部下たちは一斉に走り出す。

「目標を確保しました‼」

「は、離してください⁉　まだ、私は……私は‼」

なんで身内を捕縛してるんすかね？

ノーブルの方が落ち着いてこっちの案内に従ってくれているというのに。

いや、あれは未来を知らないからっすね。

「ス、スティーブさん⁉　お願いします‼」

連行されているヒフィーさんがおいらに必死に訴えかける。

「……上位命令には逆らえません」

「コメット‼　覚えていなさいよ‼」

「いや、元はといえば、コソコソやろうとしていた君が悪いんだろう？」

うん。コメット姐さんの言い分はもっとも、だけど、おいら的には、合掌。

強く生きてくれっす。

第398掘：駄目神が動いた結果

ｓｉｄｅ：ユキ

さーて、ヒフィーたちがこっちに来る前にさっさと設営を終わらせてしまおう。

「大将、きゅうりは？」

「いや、いらん。ジョンは回答席の方の最終調整。音が鳴るようにな。番号札もあるか確認しとけよ」

「……了解」

何で悲しそうな感じで去っていくんだよ⁉

ここの準備にきゅうりの必要性はないからな？

お前、本当に河童《かっぱ》とかにならないよな？

「うぃーす。大将、トラップと風呂場の準備はできたぞ」

「了解。トラップは立ち入り禁止にしとけ。風呂場の方は結構汚れる予定だから、清掃要員は準備できてるか？」

「スライムは元々そういう立場だからな。大丈夫だ」

「そうか。なら、ジョンの方の手伝いに行ってくれ。なんか知らんがきゅうりの設置場所を聞いてきたから心配だ」

「……了解。あの野郎」

そう言って、スラきちさんは去っていく。

……いまさらだが、魔物たちは声帯ない奴らも、魔力で空気振動起こして普通に喋ってるよな。


なんつー魔力と魔力操作の無駄遣い。

いや、テレパシーの如く直接、頭の中にたたき込まれるよりはいいのだが、なんというか予想していなかった成長だ。

ほら、あれだ。一般用自動車で自動ドアが設置されているやつ。

タクシーとかは分かるが、一般車にそんな高機能いらねーだろと思った。

確かに便利ではある。買い物をして両手が塞がっている時に自動で開くのはありがたい。

まあ、老人介護とか、子供の送迎に手を煩わせる必要はなくなるよな。

運転席で、しっかり開け閉めを管理できるから。

でも、老人介護なら傍で控える介護者がいるし、子供にそんな楽をさせていいのか？　という疑問も残る。周りの確認をしてドアを開けるという行為を行わないということだから。

しかし、それだけとは言わないが、他の使い道がそうそうないことに金掛けるかよ？　という話だ。

あれだ、世界は常に予想の斜め上に進んでいるということだろう。

実際、自動ドアの車も増えてきているし、サイドミラーの自動オープン、クローズも今や当たり前、昔はサイドミラーなんてそのままだったしな。

こっちの世界も同じように、無駄なことに力をかけて需要ができているということか。

「あ、お兄ちゃん」

「兄様ー」

そんなことを考えていると、アスリンとフィーリアが駆け寄ってきて、その後ろから、ラビリスとシェーラ、ドレッサがゆっくり歩いてくる。

5人とも、可愛らしいドレスを着ている。

「2人とも、走っちゃだめよ」

「ドレスが乱れますよ」

「というか、なんでこんなドレス着る羽目になってるのよ？ 私たちは何か、催し物の手伝いって聞いたんだけど？」

ラビリスとシェーラはアスリンとフィーリアの乱れたドレスを手直しして、ドレッサは頭に？を浮かべて、俺に質問してくる。

「そうだ。手伝いで間違いないぞ」

「なら、なんでドレスなのよ？ 汚れるわよ？」

「そんなに動き回る役どころじゃないから、それまで待機ってやつだ」

「うーん。綺麗《きれい》どころを見せるって感じかしら？」

「ま、そんなとこだ」

「……それなら、ユキのお嫁さんたちの方がいい気がするんだけれど、まあいいか」

相変わらず複雑なことは考えないタイプか。

説明が楽でありがたいんだが、今後のことを考えるともっと勉強が必要だろうな。

最近ではヴィリアたちと組んでダンジョンに潜っているみたいだけど、いつか大怪我しそうだな。そこら辺、注意しておこう。

「で、ラビリス、シェーラ、準備の方はどうだ？」

「ええ、リリーシュ様も待機しているし、私たちも準備はいいわよ」

「はい。いつでも、ユキさんの手足となり動けます。例の人の準備もできています」

「よし。なら、そろそろゲストを……」

と、思ったら、どこかの駄目神がはしゃいで、こっちに走ってきた。

「やっほーーー‼」

テンションがクソ高い。ウザいことこの上ない。

いつものスーツ姿なのだが、動きにメリハリがあり、やる気満々というのが見て取れる。

「あ、ルナお姉ちゃんだ」

「ルナ姉様なのです」

「やほー、2人とも可愛いわね。準備はできてる？」

ルナはそのテンション激高状態を維持しつつ、2人を抱える。

「できているよー」

「いつでもいけるのです」

「頼もしいわね‼　私も準備万端よ‼　ユキ、まだなの⁉」

ガバッとこっちを振り返るな。怖いわ。

「そろそろ、ゲストを呼ぼうとしてた頃だ。スティーブたちから、もう待機室に入ったって連絡は来たからな」

「そう‼　なら、スタッフ全員配置に就きなさい‼」

ルナの一声で、周りの連中がいそいそとスタジオの配置に就いていく。

「アスリンたちはもうちょっと出番が後だから、待っててね？」

「うん。ルナお姉ちゃんも頑張ってね」

「頑張ってなのです」

「え、ええ⁉　ちょ、ちょっと、ル、ルナ様がなんで⁉」

「はいはい、そういう催しだからよ」

「邪魔にならないように、待合室へ行きますよ」

驚いているドレッサをラビリスとシェーラで連れ出していく。

「……おいこら、駄目神」

「なによ？　っと、そこ2カメはもうちょっと右‼」

「うっす‼」

「……ドレッサがルナ様って呼んでたけど、ばらしたのか？」

「ん？　ええ、そうよ。あの子って純真でいいわ。私がちょっと後光を差しただけで、拝んできたんだから。誰かさんとは違って心が綺麗よ。どうせ、すでにラビリスたちに囲わせているんだし、いずれ話すでしょう？」

「……物事には順序ってモノがあるんだよ」

「別にいいじゃない。減るもんじゃないし、私の信者が増えるだけよ」

それが一番不安なんだよ。

「4カメはちゃんと落ちないように体を固定しておきなさいよ？　撮影中に事故とか洒落《しゃれ》にならないわよ‼」

「はい‼」

「……勝手にスタッフに指示出すなよ」

「いいじゃない。ここの主役は私と彼女よ？　裏からコソコソしているあんたは、私たちのフォローに回ればいいのよ。マイクチェック始めるわよ‼　あー、あー、声、通ってる？」

「通ってます‼」

ダメだこりゃ、完全にやる気満々だ。

「はぁ、とりあえず進行通りにはやれよ」

「分かってるわよ。こんな面白いこと、私からぶっ壊すわけないじゃない‼」

……それが信用できるから、普段信用できないってことに気が付いて欲しいもんだがな。

「ほら、さっさとゲストを呼んできなさい。もうこっちの準備はほぼ終わってるわよ」

「……へいへい」

そう言われて、ゲストを呼びに行く。

はぁ、俺の発案とはいえ、ルナを役者として使うのは胃が痛すぎる。

今後はあれを頼らないで終わる方法を死にもの狂いで探そう。

というか、そもそも、今回の原因は……。

「ユ、ユキ殿。今回の件はちゃんとやってみせますから、もう少しだけ時間を」

「……ヒフィー。もう無駄だって」

そう、この2人にある。

「いや、もうルナが動き出したしダメなのは分かっているだろう？」

「……あう」

本人も手遅れという認識はあったのか、がっくりとうなだれる。

「私からも多少の減刑を求めるよ。そっちだって私の大事な物を人質に取っただろう？」

「まあ、罰ゲームの方はルナにはほどほどにって言ってあるから問題はない。というか、そもそも、そっちの2人がノーブルと相性がいいだろうって送り出したのに、ノーブルたちが蜂起というか奮起する原因作った本人だったのが問題だ。火に油を注ぐようなことはできない」

「だよねー」

「……そう、ですよね」

そう。

霧華とかコメットからの情報を聞くに、この2人が、ノーブルという神が、今日まで頑張ると決めた原因を作ったのだ。

真相を知ったら、協力するどころか、ガチで戦争になりかねない。

だって、多大な被害を出した、魔王戦役の発端なのだから。

まあ、ヒフィー自身は当時はそこまで関わってないけど、監督責任というのを絶対求められるし、コメットは処刑相応の罰を求められてもおかしくない。

現状、それを受け入れるわけにはいかないから、結果的に俺ら、ウィードが出張って全面戦争になりかねない。

それはどう考えてもアウトだ。

だから、禁じ手を使ったのだ。

ルナという劇薬を。

幸い、今までの情報からノーブルたちは理性的と判断できたし、正直な話、ヒフィーよりマシなんじゃね？　と思ったぐらいだ。

情報を集めるまではヒフィーかそれ以下で、下手に俺やルナで呼びかけたとき自分でどうにかすると言われたら危険だったのでやるつもりはなかったが、話し合いの余地はありそうだし、ルナから呼びかけをする前にこちらの手でエクスやダンジョンを押さえたので、逃げ出したり反攻されてもたかがしれている。

準備は整ったから動き出したということだな。

「ま、幸い準備は整っているから、何とかなるさ」

「……そうですか。しかし、いつの間に、ダンジョンの掌握を？　昨夜のうちには把握までしかしていないのでしょう？」

「ああ、それは私も不思議だったよ」

「えーと……なんて言っていいのやら」

「何か問題でも？」

うん。真面目にどう説明したものか困る。

ヒフィーの言う通り、昨夜のダンジョン潜入部隊は把握が目的だった。

ミノちゃんたちの演習に合わせて一気に把握している主要箇所を押さえて優位に事を運ぼう

と思ったのだ。

で、その結果がこれ。

つまり……。

「昨夜のうちに、ダンジョン内すべての探索が終わり、主要箇所、主要人物の場所の把握が終わってしまった」

「「……はい？」」

その反応は普通だと思う。

昨日のうちに文字通りすべて終わってしまったのだ。

あとは命令1つで全部制圧できる状態に。

「簡単に言うと、パーフェクトゲームだな」

相手とこっちの戦力の格差に。

あえて言うのであれば、初期ストセカンドのガ○ルとザンギ○フみたいな状態だったらしい。

こっちの最良の予定をぶち抜き進んだ結果である。

「もう、夜のうちに全部調べていたから、あとやるべきことは、ダンジョンの掌握と主要人物の確保だ。ミノちゃんの演習を囮に、ダンジョン上層部にコアを置いて起点を作って、ガンガンと制圧していった。サクリとかいうダンジョンマスターの部屋にもすでにスラきちさんたちが侵入していたし、あっという間にこのダンジョンのコアも制圧できたから、上の起点からの制圧はいらなかったぐらいだな。魔剣、ゾンビ生産工場も、ナールジアさんの細工が面白いほど上手くいって、ネギとドリアンが生産されるようになったしな」

「……」

ネギはネタ武器で剣の代わりになるし、ゾンビと匹敵するかほりの果物の王様なら代替にぴったりだろうと、仕掛けた本人は言っていた。

魔剣工場の方はともかく、ゾンビ工場の方は、ガスマスク装備でいかないときっと死ねると思うぞ。

シュミットとかいう傭兵団の団長もそこで痙攣《けいれん》していたのをスティーブたちがつまみ出したって話だし。

「これで、今までの経緯は分かったな。これからルナを司会にして、クイズ式で今までの復習と状況説明をする」

「ク、クイズ⁉」

「ちょっと待ってくれ。私は今回、ユキ君の協力者だよね？」

「コメット‼ なんて卑怯《ひきょう》なことを‼」

「心配するな。コメットはルナの司会補助。ヒフィーは回答者で参加するけど、そこまで酷いことにはならない。と、思う」

俺は、ヒフィーの顔を見て断言できなかった。

だって、あのやる気満々の駄目神が相手だぜ？

俺の予想を裏切るのはお手の物だろ？

「ご、後生です‼　どうにかして私の参加を取り下げていただけないでしょうか‼」

「あー、そうしてあげたいのもやまやまだが、今回のクイズでノーブルたちにヒフィーたちのやったことも話すことになってるんだ。酷い罰ゲームを受けているのを見れば、そんな気は起きにくいだろう？　自分たちで実感してるだろう？」

「……そ、そんな」

「鬼か、君は。人として大事な物がなくなる気がするよ」

「で、では、せめて撮影だけは……」

……俺はもう何も言ってやれない。

だって、後ろに……。

「何を言ってるのよ。こんな面白いことは記録を撮るに限るのよ‼」

「ル、ルナ様⁉」

「いつまでも来ないと思ったら、駄々をこねるなんて子供じゃあるまいし、さっさと来なさい‼　始められないでしょ‼」

そう言って引っ張られていくヒフィー。

「えーと、私は急にお腹が……」

「さすがに、自分だけ逃げ出そうとするのはいただけない」

逃げようとするコメットの首根っこを捕まえて、引きずっていく。

「ちょ、ちょっと⁉　生贄《いけにえ》はヒフィーだけでいいだろう⁉」

「この人でなし‼　こうなったらコメットも一緒よ‼　死なば諸共‼」

友情って素晴らしい。

さ、あとは地獄の開幕を待つだけだな。

第399掘：新番組

side：ユキ

「本番いきまーす‼ 5、4……」

3からは、喋らずに、指でカウントダウンして、そしてゼロになる。

軽快なBGMが鳴り、スタジオに設置した大画面にタイトルが現れて、女性が3人ほどスタジオに上がる。

「『クイズ‼ オールアロウリト』はっじまりまーーーす‼」

「「はじまりまーす‼」」

最初に声を出したのはもちろん、駄目神である。

「さて、略してクイズオア。進行は、司会者である。女神ルナと……」

「司会補佐のウィードのダンジョンマスター、ラビリスと……」

「同じく司会補佐のヒフィーのダンジョンマスター、コメットでお送りいたします‼」

そして、残りの2人はダンジョンマスターのラビリスとコメットである。

ノリは完全に世界ふ○ぎ発見とか、そう言ったバラエティー番組の類だ。

「記念すべき第ゼロ回のゲストは……」

「他の神々をお呼びした豪華なものとなっています」

「あー、私の所の大陸の人たちなので私から紹介いたしますね」

そう言って、2カメから回答席に切り替わり、ヒフィーが映し出されている。

……顔が無表情で死んでいるような感じがするが、どんまい。

「まずは、私とコンビを組んでいた、女神様であり、ヒフィー神聖国の神聖女‼　ヒフィー神‼」

「……どうも。ううっ」

言い終わってから顔を手で覆っている。

録画されてるって知ってるからな。先ほどの紹介の仕方は、何も知らない人からすればただの頭のおかしい人だろう。

「恥ずかしがり屋のようですね。では次に、大国エクス王国からのゲストです。まずはこの人‼　エクスの技術を支えていた、天才ビンゾ王宮魔術師‼」

「は、はぁ。コメット殿にそう言っていただけて、嬉しい限りです……」

「次に、エクス王国に協力していた凄腕傭兵団の団長‼　血戦傭兵団のシュミット‼」

「……よろしく」

「そしてー、エクスの大黒柱といっていい、政治の難題どんとこい‼　敏腕宰相ジョブ‼」

「……よろしくお願いします」

「次は私の同業者‼　エクスと手を組んだダンジョンマスター‼　サクリ‼」

「……楽しそうでなによりだよ」

「最後はこの人‼　エクスの王様であり、かつては軍神と呼ばれた、神‼　ノーーーブル‼」

「……コメット殿はこういう性格だったのか？」

「はい。こっちが素ですね。ま、私がなぜ大人しい死体美女を演じていたのかも、後ほど詳細《しようさい》に説明いたしますので、お楽しみに」

「「はぁ、そうですか……」」

うん。エクスのメンバーは全然状況に追いつけてねーな。

殺されるわけでもなく、上級神との面会のはずが番組の撮影になってるからな。

人間、予想していたことと違うことをされると、頭の処理が追いつかないというい い例だ。

これで、一気に現状の説明をクイズ式でやって、理解してもらう予定だ。

……ついでに、今後、ウィードの娯楽を増やす実験として、番組を作ってみるという話があったので利用したのだ。

前回のヒフィーとコメット、タイゾウさんのクイズを録画してて、嫁さんたちがこれは使えないか？　と言われて、ここでしっかりやってみようと俺が思ったのだ。

相手の攪乱《かくらん》にも最適だからな。

「なんか硬いわねー。ノーブル、もうちょっと笑いなさい。楽しめないわよ？」

「い、いえ。しかし、ルナ様の御前で……」

そら色々な意味で無理難題だ。

相変わらず無茶振りしかしないな、あの駄目神。

「ま、いいわ。さっきコメットが言った通り、これからクイズ式で説明するわ」

「クイズですか？」

「そう、『クイズ‼　オールアロウリト』はこの世界にある、あらゆる謎を解き明かしていく番組なの‼　栄えある第ゼロ回に招かれた回答者として、胸を張って欲しいわ‼」

「わ、分かりました‼　このノーブルと臣下一同、ルナ様の期待に応えて見せます‼」

「うんうん。ちゃんと結果を出せば、ご褒美《ほうび》もあるし、間違えれば、ちょっとした罰ゲームもあるから。頑張ってね」

「はい‼」

あーあー、乗せられてるよ。

「へ、陛下、そんな安請け合いを。我々が知っているか分からないのでは……」

「いいところを突いたわね、宰相‼　でも、その心配はいらないわ‼　ラビリス」

「はい。今回の問題はこちらのジャンルになります」

ラビリスがそう言うと、大型モニターにタイトルが映る。

《魔力枯渇とこの大陸の状況について》

「というわけで、神であり、王であるノーブルやヒフィーはもちろん、臣下である皆も、ある程度は知っているでしょう？　間違っていても私が回答を言って修正するし、ここまで出張って来た理由も納得できるわ」

「なるほど。よろしくお願いいたします」

「じゃあ、趣旨は分かったと思うから、さっそくＶＴＲをどうぞ‼」

「「ＶＴＲ？」」

ＶＴＲって言っても分からんだろう。

というか、ビデオテープ・レコーダーの略だから、ビデオすらないこの世界では生まれない言葉だと思うぞ？

いや、ルナが言ったから定番になるんだろうが。

ウィードで放送するときは新しい言葉、考えないとな……。

俺がそんな今後の調整を考えていると、ウィードで録画した画面が出てくる。

各国の王に、魔力枯渇を説明するために、色々準備していたものだ。

まさか、先に新大陸の連中に説明することになるとは思わなかったけどな。

『はい。リポーターのラッツです。只今、ウィードの冒険者区に来ております。クイズ式で。ここは、ラビリス様のダンジョン内で……』

ラッツがウィード内の紹介をしているところの映像だ。

まず世界が広いということ、大陸が1つではないということを認識させる場面だ。

「おお、素晴らしいな。多種族がこのように暮らしている国があるとは……」

「僕と同じ考え……いや、遥かに先を行ってるね。凄いや」

「ええ。しかし、ここまで凄まじい発展を遂げているのに、ついぞウィードという国は聞いたことがありませんな。そこの、ラッツとか言ったな。どこにあるのか答えよ」

「宰相。あれはおそらく、あった出来事を記録して流しているだけですので、聞いても答えてくれませんぞ」

「……そうなのか？」

「そうよ。とりあえず、終わるまで見てなさい。そこで問題が出るから」

エクスのメンバーは驚きつつも、ルナの説明で納得して、大人しくVTRを見続ける。

ヒフィーは、もう遠い目をしているな。頑張れ、ふぁい‼

『さて、こういった多種族が一緒に暮らすというのは、この大陸では、よく見る光景ですが、別の大陸では違ったりします』

「別の大陸？」

『近年の研究や探検の成果で、海の向こうに大陸があることが確認できたのです‼』

「なんと‼」

うーん、分かりやすい反応ありがとう。

そして、ラッツがホワイトボードに貼られた地図の方に歩き寄る。

『こちらの右側が、私たちが住んでいる大陸。そして、この海を挟んで、左側にあるのを新大陸と呼んでいます。しかし、その新大陸ではある問題が起きています。では、ここで問題です。その、新大陸で起こっているある問題とはいったい何でしょう？　１、魔物の大量発生。２、天候不順。３、魔力の異常事態』

ラッツが可愛らしく、人差し指をピンと立てて、こちらに聞いてくる姿で映像が終わる。

とりあえず、嫁さんのリポーターはやめとこう。

あれ、俺の嫁さんだから、見世物じゃないから。

「さあ、正解と思う番号札を選んでください」

「時間はあと10秒‼　９、８、７、６、５……」

コメットがカウントダウンを始めて、それが終わる。

「さあ、回答は？」

「全員3ですね」

さすがに、魔力枯渇ってタイトルに上げてるからな。

これで間違えるなら、怒気‼　トリモチプールダイブ‼　だった。

そして、回答のＶＴＲが流れる。

『はい。答えは3番です。なぜか、新大陸ではウィードの大陸に比べると、魔力消費量が20倍近くになり、魔術を使える人が極端に減り、魔力溜まりから生まれる魔物の減少、亜人の出生率の低下など、分かっているだけでこれほどの影響が出ています……さて、ということで、その現場に行ってみましょう。とうっ‼』

ラッツが軽くジャンプすると映像が切り替わり、可愛いウサミミが消える。

「あの城は、ジルバか？」

「はい。隣国のジルバで間違いありません」

「僕は外に出たことがないからなー。こういうのは楽しいね」

「ということは、魔力の異常、枯渇が著しいのは私たちが住む大陸のことのようですな」

「……しかし、なぜあのラッツとかいう兎人族の耳が消えた？」

「おそらくは、魔術による隠蔽《いんぺい》だろう。見よ、一瞬で移動する大魔術を使えるのだ。それぐらいできて当然だろう」

「そうですな。凄まじい才能ですな。ぜひとも我が国に迎えたいですな」

「凄いね。ゲートいらずって」

よし、シュミット。後でお前、トイレな。

ラッツ呼び捨てにしていいのは俺だけだから‼

と、そこはいい、演出で一気にジルバに飛んだように見せたのだ。

録画と撮影、編集という概念を知らない人たちから見れば、一瞬で移動したようにしか見えないよな。

『さて、こちらは、新大陸の中で大国と呼ばれるうちの1つ、ジルバ帝国です。が、見ての通り、人族しかいません。時折見る獣人族、こちらでは亜人と呼ばれていますが、彼らはあのように奴隷でいることがほとんどです。私の可愛いウサミミはそう言った理由でちょっと隠しています。出したままだと、捕まっちゃいますから。さて、ちょっと散策してみましょう』

そして、ジルバの名所案内が始まり、聖剣の伝説や、魔剣といった情報が次々と出される。

近年では魔物はすっかり見なくなったとか、魔術師は数が少なく優遇されるとか、そう言ったのをクイズで出しつつ、話を進める。

その映像とクイズ、説明を見ることで、魔力枯渇の問題をありありと見せていくのだ。

まあ、これはウィード側の大陸用に作った物で、こちらの神様たち用ではない。

細かい調整は、ルナをフォローして進めていくが、今はまだこの映像を見て、魔力の枯渇が何を意味するのか？　をじっくりと説明していく形になっている。

『……ということで、今後さらに魔力が枯渇したらどうなるのか？　それを防ぐにはどうしたらよいのか？　という研究が行われているようです。その研究成果が出るといいですね。私たちの大陸もこうなる可能性があるのですから。では、スタジオに戻しますー』

そう言ってラッツの映像が終わる。

ここまでで、約2時間弱。日本で言えば初回スペシャルみたいな感じだな。

だが、まだまだオールアロウリトは続く。

今回に限っては、神様とダンジョンマスターへの説得と状況説明も兼ねるから、これで終わりにしてはいけない。

というか、これからが本番である。

「はい。ラッツ、ありがとうねー。さて、今まで見せたのは、まったく魔力に対する知識がない、諸国を説得するための材料よ？　どうだったかしら？」

ルナがそう言って、ノーブルたちに意見を聞く。

「「素晴らしい物だと思います」」

条件反射のように答えるノーブル一派。

まあ、ルナが魔力とか威圧のスキルも使ってるから頷くしかできないとは思うが。

「うんうん、ならよかったわ。まあ、でもあんたたちはここから先が本番よ？　そのために私が自ら命令を下したんだからね」

「はっ、我々神々にその魔力枯渇を止めるようにご指示されました」

「僕たちダンジョンマスターにもですね」

「そうね、その通り。しかし、今までめぼしい結果を出したのはこの大陸では1人だけよ」

「その1人とは？」

ノーブルが期待したように聞く。

ああ、自分が褒められると思ったのか？

……それなら哀れな。

で、ルナがすぐに答えると思いきや、ニヤッと笑って……。

「じゃ、ここで問題です。この大陸において魔力枯渇現象に対してめぼしい結果を出したのは以下の誰でしょう？　1、ノーブル　2、サクリ　3、ヒフィー　4、コメット　ああ、もちろん間違えても、正解しても、罰ゲームは確定だからね。上記の4人は」

回答者全員が固まった。

いや、コメットも固まっている。

ここでやっちゃいますか。

全員まとめて罰ゲームに突き落とすことで、ヒフィーとコメットのあの発端に対する認識を甘くするつもりだ。

全員悪かったということで。

「な、なぜ罰ゲーム確定なのでしょうか？」

「何言ってるのよ。見えないかしら？　ウィードから来たダンジョンマスターの姿が」

そう言って、ポンポンとラビリスの頭を叩く。

「は？　はぁ、たしか、彼女は魔力が潤沢にある大陸からのダンジョンマスターでしたな。それが何か？」

「にぶいわねー。めぼしい結果を出したからといって、解決には至っていないの。ノーブルも、サクリも、ヒフィーも、コメットも、あれから何百年経っていると思っているのよ？　しかも、音信不通と来たもんだ。ラビリスの報告でどちらもやっと生存の確認が取れたのよ？」

「えーっと、ルナ様。その話から察するに、他の大陸からダンジョンマスターをこちらに連れてきたように聞こえるのですが？」

「当たりよ、サクリ。このラビリス、ダンジョンマスターというか、魔力枯渇に関してもこっちの大陸の一枚も二枚も上を行っててね。なんとかできないかなーって送り出したのが1年そこら前。それでこの結果よ」

ルナの顔が暗に「お前等もっと働けよ」っていう顔になっている。

いや、お前が働けよ。って俺は思うが、ノーブルやヒフィーは申し訳なさそうに顔を下へ向ける。

あと、ルナに仕事ぶりを褒められても、俺は全然嬉しくないからな。

また厄介ごとを押し付けられるに決まってるからな……。

「さーて、これであんたたちが罰ゲームを受けるのは確定しているんだけど。まあ、正解すれば軽減されるかもね？」

そして、罰ゲームが始まる。

もちろん、バッチリ録画して、罰ゲームが終わった瞬間にリプレイを流すという悪辣ぶりを発動して、ノーブルたちに精神的ダメージを与えていくのだ……。

うん。俺は悪くねえ。

ルナが悪い。

第400掘：知るということ

side：タイゾウ・モトメ

うむ、世の中は広いものだ。

穏便に見えて、悪辣極まりない。

戦いとは、目の前の敵より、身内に注意すべしとはよく言ったものだ。

まあ、ヒフィー殿やコメット殿のためではあると理解しているが……。

『ブッブッーー‼　ハッズレー‼　答えは2番‼　大国の位置をずらすでしたーー‼　というか、なんでヒフィーが知らないのよ？』

『コメットからそんな話は聞いていません‼』

『えー、ユキ君からの説明で察してくれよ。子供じゃないんだから。発想元は私がバッサリやられたときの理由と同じだろうに……』

『しっ、仕方ないじゃない‼　分からないんだもん‼』

……ヒフィー殿はなんというか、知識の共有、把握といったところに難点を抱えているようで、ルナ殿が出す問題を結構外していた。

上というのは、出来上がった結果だけを知ればいいのが基本ではあるが、さすがに任じられたことの把握ができていないのはどうかと思う。

しかし、ああいうふうにコメット殿と姦《かしま》しい言い合いをするのは、微笑《ほほえ》ましくもある。

ユキ君たちと会うまでは、かなり無理をしていたのだなとよく分かる。

『ぶははは……‼　ヒフィー、あんた顔真っ黒よ‼』

『ほら、顔拓、顔拓。って、ぶははは……‼　ヒフィーの顔真っ黒でおかしい‼　って、ちょっと待った、それ以上近づいたら、私も汚れるって‼』

『……死なば諸共って言ったわよねー‼』

『ぎゃー⁉』

『ふくっ⁉　お、お腹がよじれる。お腹、い、いたい……‼』

『くそー……ルナさんも巻き込んでやる‼』

『はっ⁉　ちょっと、コメット⁉　や、やめっ……ぎゃーー⁉』

『……しばらくお時間を下さい。３人を着替えさせてきます』

そう言って、ラビリス殿が３人を設置された簡易風呂に引っ張っていく。

……前言撤回。

これはやりすぎだな。

ヒフィー殿とコメット殿が仲違いをしないか心配だ。

大人しく、顔拓を終えたノーブル殿たちは、異文化を確認して罰ゲームをそれなりに楽しんでいるのだが、ヒフィー殿とコメット殿は血みどろの足の引っ張り合いをしている。

……この罰ゲーム考えたのは、私だと言い出せないな。

魚拓ならぬ顔拓はどうか？　とユキ君やルナ殿に伝えたら一発ＯＫされて意味が分からなかったが、こういう結果を予測していたのか？

『あ、スティーブだったな。ちょっといいか？』

『ん？　どうしたっすか、シュミットさん？　タオル足りなかったっすか？』

『このイナゴの佃煮というのはまだあるのか？』

『おお、そうだ。スティーブ殿。このイナゴの佃煮の作り方は知っておるか？　見た目はあれだが十分に美味い。イナゴならどこでも取れるので、食料事情の厳しい所にはいい物なのだが……』

『確かに宰相の言う通りですな。スティーブ殿、どうか教えていただけないでしょうか？』

『こら、やめぬか。宰相、ビンゾの気持ちは分からんでもないが、無償で教えてもらおうというのは厚顔無恥もいいところだ。しかるべき対価を支払い、その上で教えを乞《こ》うべきだろう』

『『はっ、申し訳ございません』』

『でさ、スティーブ君。さっき食べたきゅうり？　の漬物も美味しかったけどさ、あれもこっちで作れるかな？』

『こら、サクリ。我の話を聞いていたのか？』

ノーブル殿たちは、この雰囲気に飲まれてというか、すっかり馴染んでいて、罰ゲームも余興の一環として楽しんでいるようだ。

正直、こっちの方が私とは話が合いそうな気がする……。

普通にイナゴの佃煮を食べているし、ヒフィー殿とコメット殿はまだちょっと齧るだけで精一杯なのだがな。

男と女の違いというか、ノーブル殿たちは話を聞く限り、常に最前線で戦ってきたみたいだから、そこら辺の食事事情に好き嫌いを言っている余裕はなかったのだろう。

日本でも草の根を食べてでも飢《う》えを凌ぐような状況に陥ってたからな。

……それでよくもまあ、本土決戦すれば勝てるとのたまったものだ。

「タイゾウさん。次はどの食材を持ってきますか？」

「ん？　ああ、タイキ君か。すまない。それなら、次はゼンマイだな。確か、そっちの冷蔵庫の野菜室に入っていたはずだ」

「ゼンマイ？」

どうやらタイキ君はゼンマイという山菜を知らないようだな。

今の日本は食糧難でもないらしいから、そういう意識は低いのだろう。

「そうだゼンマイだ。山菜の一種で、セリなどと言った春の七草と同じぐらいに有名な山菜だ。

そして、セリは毒セリなど近種があり危険があるが、ゼンマイはそう言った類もなく、山に入れば川沿いに大抵生えている。大体食べられているのは新芽の方で、上が渦を巻いているような形をしている」

「ああ、あれですか。分かりました」

そのままではかなりアクが強く、それをしっかり取らないとつらいものがあり、その他にも色々な処理があるから、そういう意味でもなかなか食べられていないのか？

まあ、どのみち今の日本が豊かなのは喜ばしいことだ。

あの戦いで命を落とした多くの人々に意味はあったのだと、この目で分かるのが嬉しい。

見て聞いて、今の世界がどれだけ発展しているかも分かる。

その世界に自分がいられないという寂しい思いもある反面、タイキ君やユキ君を見て、老兵はただ去るのみ。という言葉の意味をひしひしと感じている。

未来は若者が作るべきだと。

というか、ユキ君の発想は私にはどうあがいてもできそうにない。

こんなふうに、相手の戦意を削ぎつつ、事象の理解を進めるなんて方法はそうそうできることではない。

「はい。これですよね？　ゼンマイ」

「ああ、そうだ。そっちに置いてくれ、ありがとう」

さて、なぜ私が台所で腕を振るっているのかについてだが、主に私が罰ゲームの主犯にされているからだ。

顔拓しかり、イナゴの佃煮しかり、ここら辺もユキ君の悪知恵と言っていいだろう。

2人が仲違いしても、矛先《ほこさき》はユキ君には向かない。

罰ゲームを提案して作っている、つまり私が悪いということになる。

元から身内である私に、2人が本気で怒りをぶつける可能性はユキ君たちよりも低いだろうという判断だ。

そもそも、不勉強の結果だから、そこをつけば大人しくなると思うが。

女性に対してそういうことを指摘するのは、どうもな……。

「しかし、あの番組を作るのに、タイキ君も協力したんだろう?」

「あ、はい。本来であれば、俺たちの大陸の人に見せる予定でしたから。どうですか? 出来は?」

「今の日本を知らない私が言うのもなんだが、ああいう知識を広げるための放送というのはいいな。素晴らしいと思う。元々、映像記録という概念がないこちらの世界であれば、効果はかなりあるだろう。私たちの方は大本営発表などで、あまり提示される情報を信頼していなかったからな」

「あ、あははは……やっぱり、大本営発表って、当時でもあまり信用されてなかったんですね」

なるほど。どうやら、タイキ君も大本営発表というのを知っているらしい。

つまり、それほどということだ。

「と、あちらもいよいよ、本題に入ったようだな」

「ああ、ようやくですか」

映像ではすでに墨だらけの格好から身綺麗になった女性が3人戻ってきていて、クイズを再開している。

だが、すでに事前知識というのは終わって、これからは裏話だ。

今までは、ユキ君やコメット殿が集めてきた研究の結果を伝えることであり、それは、ノーブル殿たちの行動が無意味どころか、逆に悪化させる結果となっている。

さらに、ノーブル殿たちがこの国を作り上げた切っ掛け。

かの魔王戦役の発端がコメット殿にあると知れたらどうなるか……。

すでに、暴れた際の予防策はユキ君が十重二十重《とえはたえ》に敷いているが、それでも被害は出る可能性があるから、このスタジオのメンバーはユキ君の直下の魔物たちで行っているのだ。

自らの思いが踏みにじられたとき、冷静に物事を判断できる者はそうそういない。

いや、結果が分かっていても、一矢報いるという覚悟を決める者も、存在する。

『……というわけ。今のところ、ランサー魔術学府の中央山地に魔力が集積している状態なの。魔物が発生する理由はさっき問題で出したから覚えているわよね？』

『魔力が一定量以上集まると、魔物が発生する』

『その通り。これは、ウィードがある大陸では半ば常識だし、ランサー魔術学府近辺の魔物の出没率を考えればそこまで大きく外れてはいないでしょう……で、そこから考えると……』

『ヒフィー殿や我々がことを大きく動かせば、魔力の集積が早まり、魔物が溢れかえる可能性があるわけですか……』

『あんたたちだけってわけでもないわ。この6大国どれかが、下手に動いても問題なの。幸い、ユー……ラビリスが他の5大国には大きな繋ぎを作っているし、ランサー魔術学府は知っての通りポープリとの繋がりがあるから、すでに間引きとか監視を常にしているわ』

……ルナ殿。

「あれ、絶対、ユキさんって言いかけましたよね？」

「……そうだな。何のためにラビリス殿が影武者に立候補したか分からんぞ」

現代戦において、自らの位置を晒すというのは自殺行為だ。

位置というのは、どこにいるのか、というだけでなく名声なども意味する。

有名な人物を倒す、あるいは殺されるというのは、軍の全体の士気にかかわる。

確かに、有名な人物がいれば軍の士気は高まるが、その分リスクも大きいのだ。

だから、ユキ君は、その考えの基、信頼の置ける人にさえ、制限をかけて自分の存在自体をあやふやにしている。

自分が重要人物ではなく、ただの凡人で何も力がないと振る舞っている。

それこそが、自らを守る最良の方法だと分かっているからだ。

誰も知らないというのは、それだけでもの凄い利点になる。

が、そのユキ君の思惑をぶち壊せるのが、映像の真中でクイズの司会をしており、神々を顎で使えるらしい、女神ルナ殿ということだ。

上級神とかいうのはいまいちよく分からんが、神の世界でも階級があると思えばいいのだろう。

ユキ君は今回の問題、ノーブル殿たちの怒りがヒフィー殿やコメット殿へ向かぬよう、ルナ殿という切り札を切ったのだ。正直、ルナ殿がユキ君の一番の天敵に見えてならない。

『なるほど……我々は一歩も二歩も遅れていたのですね。守ると言って破滅に向かっていたとは。ルナ様、そしてラビリス殿、大変申し訳ない。そして、それを止めてくれたこと、誠に感謝いたします』

話を理解したノーブル殿は深々と頭を下げてお礼を言う。

真っ直ぐな御仁だ。

だが、これからさらに爆弾が放り込まれる。

『そう。理解してくれて嬉しいわ。でもね。あと1つ。伝えないといけないことがあるわ』

『まだ、何か重要なことがあるのでしょうか？』

『ああ、魔力関連のことじゃないわよ。けじめって話』

『けじめですか？』

そう、けじめだ。

事故ではあったが、魔王戦役を引き起こしたのは間違いなくコメット殿であり、パートナーをしていたヒフィー殿の責任なのだ。

これを言わずに協力して、あとでばれれば内部崩壊しかねない。

その魔王戦役の当事者はノーブル殿たちと、ホワイトフォレストのごく一部の者たちだけ。

せめて、真実を伝える義務がある。隠すことは不義理にしかならない。

ヒフィー殿はこれがばれるのを嫌がったが、向き合わなくてはいけない。逃げてはならないことがあるのだ。

『ええ。ヒフィー本人から言わせようとも思ったんだけど、ちょーっと、色々な意味で本人に言わせるわけにはいかないから、私から言わせてもらうわ』

『……なるほど。責任感の強い彼女のことです。詳しい事情は話さず、ただ自分の責任と言うに違いない』

……ノーブル殿の推測はあながち外れてはいないと思いたいのだが、実際やっていたのは隠蔽工作だから何とも言えないな。

『さて、まずは簡潔に真実を伝えましょう。あんたたちが本格的に立つきっかけになった魔王戦役。その発端を作ったのがコメットよ』

『『は？』』

ノーブル殿たちは理解できないという顔になった。

ま、当然だろう。

私もかの大戦の原因が目の前にいると言われても理解できるとは思えない。

『当然の反応ね。まあ、ヒフィーやコメットを見て分かると思うけど、意図的にやったことではなく事故みたいなモノよ』

『当然でしょう。あのようなこの大陸すべてを巻き込んだと言っていい戦役を、魔力枯渇や集積の話を知って、引き起こすメリットがどこにあるというのです』

『逆なのよ。知らなかったのよね』

『どういうことでしょうか？』

『さて、あんたたちは、ラビリスのウィードメンバーが必死こいて集めてきた情報を、分かりやすく映像化したおかげで、すんなりとこの情報を正しいと受け入れられたわよね？』

『はい。実に分かりやすいものでした』

『でも、当時のコメットには自分の研究成果がどれほど正しいのか、それをどうやって伝えたら理解を得られるかを悩んでいた。そこで、思いついたのが、自然と発生しつつある魔物の大氾濫を見逃して、大国を丸々一個潰して、分かりやすい結果を得ることだった』

『それは……』

『そう。あんたが悩んだように、コメットも悩んだ。でも、コメットの場合は基本この問題はコメット本人で片付けるつもりでいたから、誰にも魔力枯渇のことを話してはいなかったのよ。結果、部下というか聖剣使いのメンバーが魔物の大氾濫を止めるために、何も言わず、ただ反対するコメットを斬って、その大氾濫を止めた。だけど、それで、めでたしめでたし、になる世界じゃない。コメットの魔物の部下が大激怒して、世界に対して宣戦を布告。これが魔王戦役の始まり』

そう、つまりは……。

『身内の争いだったというのですか？　あの多くの命が失われた戦いが……』

『身も蓋もない言い方をすればそうね。さーて、私からの長いお話は終わり……当時、多くのモノを失ったあんたたち2人が、ヒフィーとコメットに処罰を求めることは至極正しいことだと思うのだけれど、どうかしら？』

……私はいざとなれば、ノーブル殿たちの前に立つ。

今という時をくれた、彼女のためだ。いまさら惜しい命ではない。

そして、ノーブルが口を開く。

『ルナ様、私は……』

第401掘：処刑執行　祝ってやる

ｓｉｄｅ：ユキ

さーて、緊張の一瞬だな。

これで死罪とかを求められてもこっちとしても困るから、何とかしてそれはやめてもらわなくてはいけない。

かといって、無理に要求を棄却しても、これからの協力は得られないだろうから、色々ダークなことになりそうだよな。

ドッペルでの総入れ替えという、悪辣極まりないやり方か。

ヒフィーとコメットをウィードで隠居させるか。

なんとか、穏便な回答が出ますように。

「ルナ様、私は……ヒフィー殿、コメット殿に対して、処罰は求めません」

「あら？　いいのかしら？　さすがに死刑は今までの功績からできないけど、他ならいいのよ？」

「功績だけで言うのなら、その功績すら出せてない私たちこそ処罰されるべきでしょう。ただ、無駄な努力を続けて事態を悪化させていたのですから」

「そこまで自分を卑下しなくていいのよ。私としても、ノーブルたちの頑張りはラビリスやヒフィーたちから聞いているから」

「はっ。そのお言葉、とても嬉しく思います。しかし、私共はヒフィー殿、コメット殿に処罰を求められる立場ではありません。同じようなことをしてしまったのですから」

「同じようなこと？」

「陛下⁉　あのことは、私の責任です‼　ルナ様、処罰はどうか私めに‼」

「いや、ビンゾだっけ？　何も聞いてないし、処罰とかしないから、まずは話してよ」

同じようなことってどういうことだ？

魔王戦役のようなことがあったか？

「ビンゾ。その作戦の許可を出したのは私だ。なれば、その責任は私が負うべきなのだ」

「あーもう、どっちでもいいから早く話してよ。話が長いってことで正座の罰与えるわよ」

お前はもうちょっと主従の感動的シーンを見守ろうって気持ちはないのか。

「簡単に申しますと、私も手違いで一国を滅ぼしてしまいました。大小はあれど、目的は魔力枯渇をどうにかするための戦力の確認という名目での出来事でした」

「一国をね。で、その国の名前と細かい理由は？」

「はい。その国の名をナッサ王国と言い、我々が飢饉から救い、その関係で軍事行動を容認してもらっていました。そして、極秘裏にダンジョンの魔物を連れて進軍する演習をしていたのです。しかし、予想外のことが起こり、魔物が野生化して暴れ出し、その場の担当の者ではどうしようもなく、私に話が来た時にはすでにナッサの王都が攻め落とされておりました」

「なるほど……ね」

……そういうことか。

わざとではなく、制御できなくなったのを慌てて追ってきたのか。

で、ドレッサに詰め寄られたけど、事実を言うわけにもいかず、とりあえず国民が安心できる手段を取ったわけだ。

「原因としては、魔力の消費量が想定より多く、魔法生物はすぐに消滅。ゴブリンやオークなどは空腹で理性をなくし、暴れ始めたという次第です」

あー、うちの連中はちゃんと教育しているし、飯は食わせているし、ダンジョンのバックアップがなくても野生化することはない。自分で食料とったりするから。

だけど、ただのダンジョンのモンスターは言うことを聞くだけの猛獣みたいなものだから、餌がないと暴れるわな。

「結果、ゾンビにした方が、リッチに指揮を執らせるだけでよかったので楽だったのです」

なーるほど。

外で制御するために、リッチを使ってゾンビ化していたわけか。

暴走しても、あの魔力減衰アクセサリーの効果が切れれば自滅するし、管理はしやすいな。

「このように、意味合いだけを見れば、ただ国力をつける実験をしていただけにすぎません。コメット殿のように魔力枯渇の解決策を実行しようとしていたわけではありませんので、自分の小ささに恥はありますが、それで世界の命運を悩んでいたコメット殿を処罰や非難する気など毛頭ありません」

ほっ。ノーブルが想像以上に理性的で助かったわ。

これを別室で見ているドレッサも多少は納得しただろう。

ノーブルが神様で大きな使命を背負っていると分かってもらえれば、なんとかなるかなーって思ったけど。

ちゃんと、ナッサ王国のことに対しても酷い罪悪感を抱いていることが分かったんだ。ドレッサがこっちに飛び出してこないし、アスリンとフィーリアが上手く押さえられる程度ってことだ。

「だってよ。よかったわね。ヒフィー、コメット」

「はい。ノーブル殿、申し訳ございませんでした」

「色々苦労かけてごめんねー」

「いや。こうやって我が臣下と出会えたのは、2人のおかげでもある。色々あったが、今の立場も悪くない。取り返しのつかないことをする前に、止められたのだ。これから協力していければと思う」

「はい」

「うん。よろしく頼むよ」

そう言って、ヒフィーとコメットがノーブルたちと握手をしていく。

後始末とか、細かい調整などはあるだろうが、これで大体和解は成立だよな。

「いやー、仲良きことは美しきかな、ってね」

「ほっ」

ヒフィーは和解となって、これ以上の罰ゲームはないと安心したのかホッとしているが、そんなに甘いわけがない。

というか、これからの罰ゲームはある意味ご褒美でもあるし、今後の結束力の向上にも必要なので、やらないわけにはいかないのだ。

あと、俺たちからヒフィーへの罰でもある。

そっちの保身のために大陸が危険に晒されたのだ。

当然、その報いは受けてもらう。

「さて、コメット」

「ラジャー‼　全員、用意始め‼」

「用意？　なんのですか？」

俺の「次の罰ゲームへ」のカンペを見たルナとコメットは、にやーっと笑って、指示を出し始める。

ヒフィーは知らされていないので、分かるわけがない。

「大将。マジでやるんすか？」

「当然」

スティーブはやりすぎじゃね？　って感じで見てくるけど、これは俺たちが楽しみたいだけではない。

「はぁ。本当に大将を敵に回したくはないっすね」

スティーブは渋々準備に参加し始める。

お前な、俺が血も涙もない悪魔とか思ってないだろうな？

ちゃんと礼には礼を返すぞ。無礼には遠回しに潰す。それだけ。

歯には歯をみたいに、分かりやすい仕返しするわけないじゃないですかー。

結果的に、仕返しできないようなことをするに決まっている。

それは何か……。

その答えは照明が落ちて、スタジオのスクリーンに映像が映る。

『と、そこは実際会ってからだからいいとして、今大事なことが別にあるんだよ』

『なんですか？　別の大事なこととは？』

そんなことを言うコメットとヒフィーが狭《せま》い部屋で話しているシーンが映る。

窓から映る風景がゆっくりと動いていることから、この場所が馬車であると窺えるだろう。

「ん？　ヒフィー殿とコメット殿が映っているな。どういう催しだ？」

「さあ？」

ノーブルたちは理解できずに、不思議そうに趣旨が分からない映像を眺めている。

だが、この続きを知っているヒフィー本人の顔は真っ青になってから、真っ白になり、真っ赤になるという百面相をしていた。

「も、もしかして……」

ヒフィーは予想がついたのか、そう呟くが時は止まらない。

その声を聞いたルナとコメットは満面の笑みでヒフィーを見ている。

「ちなみに、これ放送しているわよ」

「そうそう」

「きゃーーーー!?　な、なんてことをしているんですか!?　と、止めてくだちゃい‼」

だが現実は無情であり、ヒフィーの言葉に応じる者はおらず、映像は流れ続ける。

見ているというのは、当人たちも含めて、関係者全員のことである。

逃げ道を塞ぐのが基本だ。

『そりゃー、友人の恋だね』

『恋？』

『ありゃ、自覚がないのかな？　それとも自分のことを言われているって分かってないのかい？』

すでにヒフィーは錯乱《さくらん》して、暴れ出そうとしているが、ルナとコメットにより羽交《はが》い絞めにされている。

マジ泣きする寸前の顔に見える。

「ひ、酷いです!?　こんなのあんまりです‼」

いや、お前らは真面目に対応すると、己の志に殉じたって態度を取るから、こういう方向の方がかえって罰に相応しいんだよ。

ほれ、ヒフィーの錯乱っぷりを見てノーブルたちも引いているし。

「な、なんだ。ルナ殿、なぜヒフィー殿はそこまで取り乱しているのですか？」

「あー、まあ、見てなさい。これがけじめってやつよ」

「は、はぁ……」

そして、一番大事な言葉が映像から発せられる。

『だ、だ、誰が、恋などと、わ、わ、私とタイゾウ殿は、き、清く、ただ……』

『いや、誰も相手がタイゾウさんとは言ってないけどね。分かりやすくてありがとう』

一瞬の沈黙。

そして、嗚咽《おえつ》。

「ううっーー……ぐすっ、ひ、酷いです。わ、私が、何を、したって……」

いや、この大陸を未曽有の危機に陥れたでしょうに。

しかも、魔王戦役とヒフィー自身の行動とエクスでの隠蔽工作を３回も。

だが、それを言うわけにはいかない。

俺から言うべきことではないのだ。

「……あー、その。けじめの趣旨は理解しました。しかし、私としてはもうこれ以上は求めませんので、どうかヒフィー殿を許してはくださいませんか？」

ノーブルがそう言うと部下の皆さんも気の毒そうにヒフィーを見て頷く。

よし、言質《げんち》は取った。

ルナとコメットはヒフィーの束縛を解くと、ヒフィーは暴れ出すこともなく、その場で両手で顔を覆って泣き崩れた。

「酷いです。こ、こんなの、あ、あんまりです……」

さて、このままだと後味は悪い。

だが、ここで終わるわけがない。

すでにその内容を知っている俺たちが、当人を連れて来ていないわけがない。

「なーに、泣き崩れてるのよ。臆病なあんたを後押しするため、コメットが必死に考えたんだから」

「え？」

「ここまでやれば、もう後には引けないだろう？　さあ、記録じゃなくて本人にちゃんと思いをぶつけなよ」

「ぐすっ、本人？　本人!?」

ヒフィーはようやくコメットの言っていることが理解できたのか、辺りを見渡すと、1人の人物がヒフィーに近づいていた。

「あー、なんというか、そういうことだったのですね。コメット殿」

俺たち日本人の感覚としては、古めかしい軍服を着た人はタイゾウさん。

彼は料理人や罰ゲーム責任者ということで、ここに来ていたのだが、こっちが本命だったりする。

「そうだよ。けじめとしては、ちゃんと許しは貰えたから、あとは、2人の気持ち次第かな。さすがに、私も友人を生贄に捧《ささ》げて不幸になるのを見て喜ぶほど、腐っちゃいない」

「いまさら、種族とかくだらない言い訳は通じないわよ。やればちゃんと子供できるから心配はしないでいいわ!!」

「「……コホン」」

ルナの発言に当人2人は赤面して、わざとらしい咳《せき》をする。

まあ、今のは駄目神が悪い。

「ま、ヒフィーには今まで散々恥をかいてもらったし、この先もヒフィーに任せるなんてことは言わないわよね？　大和男《やまと》？」

ルナはにやにやしながら、そうタイゾウさんを見つめる。

お前は本当に、真面目な顔はできないのか。

しかし、タイゾウさんはそのルナのむかつく顔に文句ひとつ言わず、頷いて、床にへたり込んでいるヒフィーに片膝をついて、手を差し出す。

「……ヒフィー殿。頭の固い朴念仁《ぼくねんじん》という自覚はあります。こうされるまで気が付かなかったのですから言い訳のしようもない。正直な話、私は恋など愛などを抱く前に戦火に包まれ、ヒフィー殿に呼び出されました」

「……」

ヒフィーは何も言わずにその言葉をじっと聞いている。

いや、俺がはっきり聞こえるぐらいに、皆静かで、タイゾウさんがはっきりと大きな声で言っているのだ。

「……この気持ちが恋なのか、愛なのかは、それともただの忠誠心かは分かりませんが、私は貴女のために死ぬつもりです。その気持ちは今でもしっかりあります。私にそんな思いを抱かせた女性は貴女だけです」

「……タイゾウ殿」

「こんな言い訳がましい答えしか出せませんが、一緒に生きてもらえるのであれば、手を取っていただきたい」

いや、俺からすれば直球ドストレートな告白と思うけどな。

俺とタイキ君で探ってはいたけど、ここまではっきり言うとはな。

ダメな時も予想はしていた。その時はヒフィーへの同情はさらに集まるし、当分は再起不能だから養生って感じだったんだが、杞憂《きゆう》だったか。

さて、あとはヒフィーがタイゾウさんの手を取るだけなのだが……。

その時間は全員が長く感じたという。

手をただ伸ばして、相手の手を握るだけ。

それだけなのに、とても長く感じた。

周りがこれなのだから、当の2人はもっと長くきつく感じたんだろうな。

ま、その体感時間が永遠にも引き延ばされたかと思ったが、結局……。

「……喜んで。こちらこそ不器用な女ですが、よろしくお願いいたします」

そのヒフィーの声が聞こえて、ゆっくりと拍手が広がっていく。

ルナやコメットは当然、俺たちも、そしてノーブルたちもいいものを見たという感じで拍手を送っている。

さーて、これで上手くまとまったかな？

あー、疲れた。

だけど、これからがある意味、本番である。

「よーし‼　みんな、結婚式の準備よ‼　用意はしてあるんだから、すぐに配置をしなさい‼　新郎新婦は着替えよ‼　ラビリス、ヒフィーをお願い‼　タイキ、ユキは、タイゾウを‼　恥かかせてきたんだから、それが気にならなくなるぐらいの幸せで盛大な結婚式にするわよ‼」

ルナの今回一番気合いの入った声に全員が返事をする‼

「「「おう‼」」」

なぜか、ノーブルたちも返事して、慌ててエクス王城に着替えに行って、祝いの品も持ってくるという事態になった。

いや、指定保護あっさり受け入れてくれたからいいんだけどさ。

ま、こっちの完全勝利でめでたいってことでいいとしよう。

細かい話は後日。

今は……。

「ケーキ崩すなよ‼　上にシャンデリア飾れ‼　教会は10m後方に出す‼　蝋燭《ろうそく》の準備しておけよ‼」

くそ、結婚式の準備が大変だわ。

これに後片付けだろ？　冗談じゃねーわ。

俺個人の仕事量は増えてるんじゃねーかと思うぐらい。
これに友人代表スピーチにタイキ君は親戚代表だからな。
日本人の知り合いがいないから、こういうことは全部回ってくるよなー。
あー、だりい。
あ、御祝儀ってどうすればいいんだ？
いくら包むのが正解なんだ？　俺の今の立場からして？
誰か教えてくれ！

第402掘：新大陸の事後処理報告と真実

side：セラリア

「あー、疲れた」

「でも、ヒフィーさん綺麗でしたね」

「私たちもあれ着ていたんですねー」

「ユキさんには感謝ですね。あんな綺麗な格好をさせてくれたんですから」

私たちは結婚式の余韻を話しながら、執務室で今までのことを話し合っていた。

「はぁ。本当に無茶苦茶やってくれたわね」

「本当ですね」

「ま、お兄さんらしいですけどね」

「そうね。今回はユキさんらしくないと思っていたけど、最後は結局ね」

私たちお嫁さんズは、夫からの今回の顛末《てんまつ》をまとめた報告書を見て、一息ついていた。

あの怒涛のエクス王都、ダンジョンの完全制圧からの、クイズ大会と結婚式をやって、二次会まで大騒ぎしてから、およそ3日。

報告書をまとめた夫は執務室で爆睡してしまったので、リーア、ジェシカ、クリーナ、サマンサに部屋に送らせた。

護衛の奥さんがいると助かるわよね。

「ですが、これで私たちは新大陸に戦力を割かずに済みます。旦那様が今回のように無理することはなくなるでしょう」

キルエがお茶を淹れながらそう言う。

「そうね。まさか、これで私たちの新大陸への手出しがほぼ終わりになる手を打つなんて思わなかったわ」

「旦那様は無茶苦茶ですから」

「まあ、言われれば納得なんですけどねー」

「私たちがすべてを背負う必要はなかった。それだけの話ですけど、私は全部やらなければいけないと思っていました」

エリスの言葉に、全員が頷く。

言葉の通り、私たちが新大陸へ干渉することは、これから極端に減るのだ。

あのエクスの一件で全大国の繋がりができ、現地の神様やダンジョンマスターとも繋がりができた。

簡単に言えば、現地の人がいるのに、下手に部外者が手を出すべきではないという話になったのだ。

以下が大まかなまとめだ。

●新大陸は今後どうなるのか？

新大陸の魔力枯渇問題は、大国を率いるノーブルを頂点に調査研究をして、戦争などの問題が起こった場合、各国への調停も頼むことになった。

ノーブルたちは、技術的、知識的、現実的な問題から、あの行動を取らざるを得なかっただけ。

私たちの協力を得られて、正しい認識を得た結果、素直に協力してくれた。

今後、新大陸はノーブルたちが守っていくという認識になる。

無論、問題があればウィードというか、ユキは協力を惜しまない。

正直な話、これ以上ユキが忙殺されるのはやめて欲しかったし、ユキとしても仕事が減るので万々歳。

●ヒフィーたちの立場はどうなったのか？

正義感とか使命感全開で、支え切れる仕事量じゃないしね。分担分担。

国力乏しいヒフィー神聖国では、各国の調停役には不向きであり、ノーブルたちと協力しつつ、技術的なサポートを主に行っていくことになっている。

あと、新婚さんを盟主とか可哀想だし、ノーブルを盟主にすればヒフィーに罰を与えたという感じにもできるから。

とは言いつつ、新大陸随一の天才コメットはウィードに引きこもりをして研究をすることになる。

エクスのビンゾもウィードに来て研究することになっている。

つまり、ヒフィーとタイゾウは新婚2人でいちゃいちゃしてろって話ね。

●聖剣使いたちやピース、ポープリたちは？
ノーブルが盟主になることを承諾《しょうだく》して、今後の活動のサポートを主に行うことになっている。

聖剣使いたちのほとんどは各国の動向調査、戦争の気配とか、犯罪とか色々。本当の意味で世界のために働き出したと言えるだろう。一部はウィードで新しい人生というのもある。

ピースは、昔と同じように、コメットの護衛として働くことになる。

ポープリとララはランサー魔術学府で、コメットたちとは違う視点で魔力枯渇の研究を始めたり、魔力集積による魔物の監視、エクス王国の各国への口利きといった感じでクソ忙しい。

●エクスが暗躍していたという、各国の不信感はどう払拭するのか？
単純明快。ウィードが今までやってきたのと同じ外交戦法を使う。

まあ、エクス国内のダンジョンを使って暗躍している謎組織が存在した。というでっち上げを作って、ゲートなどの超技術を無償提供することで、国内に謎の組織がいたことを謝罪する姿勢を取り、物流を活発化、経済の発展を各国に持ちかける予定。

暗躍の件でいい顔はされないが、ゲートによる経済の活発化は見逃せないし、情報のやり取り、各国の行き来の簡略化など莫大な利益を見逃すことは考えにくい。

というか、エクス王国以外は全部繋がりがあるので、どうとでもなる。

ジルバ、エナーリアではなぜか王位継承権はないが、王族認定。

ローデイ、アグウストはお嫁さんの生まれ故郷で公爵家、宮廷魔術師という繋がり。

ホワイトフォレストに至ってはコメットを神と崇める集団なので問題ない。

クリーナとサマンサの生まれの国は私たちの関係で多少優遇するつもり。
●ホワイトフォレストで持ち去られたコアはどうなった？
それが、サクリ確保に繋がった。

エクス到着後、すぐにサクリに持っていって、それを監視していた霧華の部下を通して、スラきちさんの部隊に連絡が行って、コアの部屋とダンジョンマスターが特定された。
●一応領土として認められたベータンはどうするの？
領主のホーストが優秀なので、其方に代官を任せたまま。

ウィードでの技術や生産品を新大陸で試すには良い土壌になっている。

無論、何かあればすぐに対応はする。
●ジルバとエナーリアに出向しているスティーブやミノちゃんは今後どうするの？
そのまま繋ぎをしてもらう。いざという時、口出しできる立場がありがたい。

仕事は多いけど、その分給料もいいから問題なし。
●最初にいた亜人の村はどうなるのか？
特に何も。ベータンとの交流が増えてきたぐらい。

ああ、モーブとトーリたちが入れ替わった後に反乱があったけど、それは即座に鎮圧。

謎の組織が暗躍していたという証言、証拠に加える予定になっているので好都合。

この、謎組織は、今後の仮想敵として、扱われることになる。
●王都内で待機していたモーブたちは？
特に何事もなく、任務を終えて帰還。

ロゼッタ傭兵団や商人のトーネコ、行きつけのお店の看板娘とは仲良くなっているので、その伝手《つて》で情報は得られるだろう。

作戦当日はいつでも逃げられるように身構えていたみたいだが、それは無駄に終わり、色々な意味でモーブたちの予想を裏切った結果と言えなくもない。


「報告書を見る限り、もう私たちができるのは、各国への橋渡しぐらいよね」

「それも何か問題があればぐらいですね」

「ですねー。基本的にはノーブルさんが頑張ってくれますし」

「仲介役としては、ポープリさんたちがいますから大丈夫でしょう。と、そう言えば、エオイドとアマンダはどうなるのですか？」

「ああ、それはポープリの判断だから記載はなかったけど、いずれちゃんと勉強して色々な意味で信用できるようになったら、こちらに引き込むそうよ。今はまだダメだから、そこら辺は内緒でね」

「分かりました」

エリスはいまだにエクス王都にいるって設定だしね。

本日はこういった会議のためにデリーユとタイキを残してエリスがこっちに戻ってきている。

他の皆は特に監視もないから、後片付けとか調整に戻ってきて、忙しく動き回っている。

「しかし、長いといえば長かったのでしょうか？」

エリスがそう言いながら、報告書を持って言う。

紙の厚さはそれなりにある。これはそれだけこの新大陸で活動していたという意味だ。

「そうね。確か、私たちの妊娠が発覚した頃だったかしら？」

「はい。旦那様の言いつけでここにいる私たちは全員お留守番でしたから」

「ああ、そう言われるとそうですね。セラリア、ルルア、エリス、キルエ、最後にラッツこと私。見事に妊娠しているメンバーですね。デリーユだけですね。この場にいないのは」

「ジェシカやクリーナ、サマンサもいませんでしたからね。ユキさんの護衛に四苦八苦した記憶があります」

ああ、そうそう。

リーアを四六時中張り付かせてなんとかしていたっけ？

「で、新大陸の探索の最中、子供たちは産まれて、歳も1歳になったし。2年ぐらいかしら？」

「うーん。改めて聞くと凄い話ですよね。旦那様は2年で新大陸の6大国すべてとの繋ぎをして、魔力枯渇に対しての方針も決めてしまいました」

「そう言われると、もの凄く速い、というか非常識ですねー。ま、お兄さんらしいのですが」

「ユキさんですから」

夫だからで納得できるのだから、私たちも十分に染まって来たわね。

ウィードの建国だって1年そこらだし、まあ、こんなもんだろうって思ってしまえる。

普通はあり得ないのにね。

「で、当分はのんびりするんですか？」

ラッツがそう聞いてくる。

「ええ。そのつもりよ。さすがに新大陸とウィードの掛け持ちはかなりきつかったから、休憩しても何も問題ないでしょう。というか、キルエやサーサリ、部下の報告から、結構、聞き捨てならない噂もあるしね」

「はい。ウィードの在り方に不満を持っている諸外国が色々暗躍しているようですし、今後はそちらの対策ですね」

「まあ、分かりやすいことに、ウィードの代表たちへ賄賂とか脅しとか、色々なんですけど、残念ながら、お兄さんがいますからねー。全部私たちは蹴《け》っていますから、ご立腹なのも多数いるようですね」

「セラリアやルルア、シェーラ、デリーユ以外は平民って足元を見られていますからね。お貴族様は言うことを聞かない私たちが気に食わないらしいですよ」

「はぁ……」

私はため息をつく。

やっぱり他国の介入があるか。

「あ、でもごく一部ですよ？　今まで何度か吊し上げとかしていますし。減ってはいるんです」

「はい。ですが、それに伴い、反発も高まっているようですね。私たちが代表の座から降りて、今の代表たちにまた性懲《こ》りもなく、アプローチをかけている連中もいたりはします。まあ、当然です。ウィードの影響力はそれほどあるということですから」

「……今の代表が、その甘言に踊らされる可能性は？」

「うーん。絶対とは言えませんがほとんどないと思いますよ？」

「ですね。今まで一緒に仕事をしていた仲ですから、信頼の置ける人物たちです。というか、心配しだしたらキリがないですし、セラリアやラビリスが書類に不備がないか、などを確認しますし、そこら辺は愚衆政治にならないように監視、管理を厳しくしろとユキさんは指示していますから」

「……そうね。いくら民に広く知識があろうが、実践しないことには経験にはならないものね。そこら辺は私やルルア、元王族、貴族がしっかりサポートする必要があるってことね。夫から聞いてはいたけど、大変ね。何事も初めてをやると前代未聞になるんだから」

「ですね。大変ですけど、やればやるほど、経験や知識を得て次に活かせる。そう旦那様は言っていますし、私もそう思います」

「まあね。でも、この国の女王としては大変だわ。皆と違って任期とかないから」

私はおそらく、サクラがちゃんと政務ができるようになるまでは、ずーっと女王のままだろう。

いくら歳をとらないとはいえ、皆が羨ましい。

「ま、仕事がない分、私の手伝いをしてもらうわよ？　代表でなくとも、夫の妻であることは変わりないのだから」

「はい。微力ながらお手伝いさせてもらいます」

「もちろんですよー」

「当然です」

皆の協力は得られるし、各代表という強みはないが、仕事が減ったぶん私のサポートに回れる。

良いこともあるし、悪いこともあるという話ね。

「と、そう言えば、話は変わるけど、ミリーのアレ、知っているかしら?」

私は代表ということで、現在も冒険者ギルドの代表を続けているミリーのあることを思い出して、それを皆に聞いてみた。

「はい。知っていますよ」

ルルアは知っていて当然よね。なにせウィードでは医者でリリーシュ様と病院の切り盛りしているし。

「私も知っていますよー。ミリーとはよくお酒も飲みますし、直接聞いていますよ」

ラッツはミリーから直接聞いたのね。私も同じだったわ。あと、お酒は減らすように言っておこう。

「無論です。だってミリー、大喜びしていましたから」

ああ、あの時、一緒に健康診断受けていたのね。

「知らないのは、アスリン様、フィーリア様、それと旦那様ぐらいでしょう」

キルエがおかわりのお茶を淹れながらそう言ってくる。

「まあ、そうよね。夫には黙っててって言ったもの。ミリーの妊娠」

そう、ミリーはめでたく妊娠していた。

妊娠が発覚したのは、エクス王都への作戦を展開していた初期の頃。

夫が知ったら無理をするに決まっているから、ばれないようにと言われて、黙っていたのだ。

皆も同じように説得されていたみたいね。

「気持ちは分かります。旦那様は私たちのためなら、簡単に無理をしますから」

「それには同意します。お兄さんは私たちが大好きすぎますからね」

「そこだけは嬉しくもあり少し不満ですね。ユキさんの健康が第一なのに……」

「困るわよね。夫が私たちを大事にしてくれるのは分かるけど、それで一国とかを一瞬で畳み掛けるんだか……ら？」

私は自分でその言葉に違和感を覚えた。

皆も同じようだ。

私の顔を見て目を真ん丸にしている。

一瞬で畳み掛けたわよね？　エクスは文字通り一瞬で終わった感じよね？

そう思っていると、ミリーからコールが届いた。

ミリーは妊娠がばれないように、冒険者ギルドに赴いて仕事をしているふりをしてるのだが……。

「ミリー、どうしたの？」

『ユキさんにばれてたみたい』

やっぱりか。

『今、ユキさんが来て、妊娠のことありがとうって、体は大丈夫かって……ぐすっ。凄く、嬉しかった……』

「そう。よかったわね」

やっぱり、夫のためとはいえ、妊娠のことを夫に言えないとか苦痛以外の何物でもないから。

「って、ちょっと待ちなさい!? 夫は3徹して、ぶっ倒れたところを、さっきリーアたちに布団に運ばせたのよ!?」

『え!? そ、それ本当!? だって、今から私の好きな晩御飯作るからって、出ていったわよ!? そういえば、リーアたちもいなかったわ。お、追わないと!?』

「ちょっと待ちなさい!! ミリーは妊娠してるでしょう。無理な運動はしないように。私たちが追うから」

『あ、うん。お願い』

「任せなさい」

さて、皆と顔を見合わせ、頷き、同時に席を立つ。

「皆、無理する夫を捕まえに行くわよ」

「「はい」」

ちなみにリーアたちも同じように3徹していたので、寝ていた隙をついて逃げられたみたい。

本当に、困った夫よね？

もう分かりきっているけど、エクスが一瞬で陥落《かんらく》した理由は、ミリーのため。

夫にとって家族は一番大事なモノ。愛は偉大ね。

第403掘：幸せですと即答できますか？

side：ドレッサ

青い空に白い雲の塊が流れていく。

ボーっとそれを眺めているのは、ただのドレッサという私。

そう、ただのドレッサ。

ナッサ王国の姫でもなく、亡国の王女でもなく、恩知らずでもなく、奴隷姫でもなく、本当にただのドレッサ。

「……さん。……サさん。……ッサさん‼　ドレッサ‼」

いきなりそんな大きい声が耳に飛びこんできて慌てて席を立つ。

「ひゃい⁉」

「はいじゃありません。何度も呼んでいましたよ？」

「あ、ごめんなさい」

「……具合が悪いのですか？」

「いえ、そういうことはありません……」

「そうですか。何か悩み事のようですが、今は勉強の時間です。できればこちらに集中してください」

「……はい。ごめんなさい」

　そう言って、私は席に座ろうとするが、先生にそれを止められる。

「注意するために呼んだわけではありません。はい、こちらの問題を解いてください」

「え!?」

　先生が促《うなが》す黒板には、掛け算と足し算、割り算が混ざった計算式が並んでいた。

「今の話は聞いていなくても、今までの授業をちゃんと聞いているのであれば解けますから。大丈夫ですよ」

「あ、あの。私、編入生なんですけど……」

「はい。それも考慮して、ドレッサさんが解ける問題にしてあります」

　……つまり、罰だから解けということね？

　はぁ、仕方ない、頑張るか。

　私が悪いのは間違いないんだし。

「がんばれー、ドレッサちゃん」

「がんばるのです。ドレッサ」

　アスリンとフィーリアは無邪気に声援を送ってくれるが、簡単に解けるなら最初からこんな態度取らないわよ!?

えーと、確か、掛け算、割り算から先に計算して、その後足し算、引き算をするんだっけ？

四苦八苦しながら、なんとか答えを書く。

「はい。正解です。ほら、解けたでしょう？」

「……はい」

勉強しっかりしていてよかった。

そう思いつつも、混乱から回復してきて、私、何をやっているんだろう？　って気持ちが戻ってくる。

「ドレッサさんが何を悩んでいるのかは知りません。それを聞いて私が解決してあげられるかも分かりません」

ああ、先生は私の様子が変なのが分かっているのか、こそっと話しかけてくる。

「でも、１人で悩む必要はありません。私でなくてもいい。誰かに相談してみなさい。誰かに話すだけでも、気持ちの切り替えになったりするものですよ。あとは、少し心を落ち着けて、静かに考えてみるのもいいかもしれません」

「分かりました」

私はそう言って、席に戻る。

「解けたねー」

「よかったのです」

アスリンとフィーリアが、問題を無事に解けたことを祝ってくれる。

「……ありがと」

先生の授業の邪魔にならないように、小さな声でお礼を言う。

その2人を見て、先生に言われたように相談するべきか？　でも、さすがに2人は子供だし……。

いや、もうちょっと、心の整理をしてみよう。

「ごちそうさまでした!!　よし、サッカー行こうぜ!!」

「「「おー!!」」」

お昼。

給食が終わってから、クラスの男どころか、学校にいる子供たちは一斉にグラウンドへ飛び出して、思い思いに遊んでいる。

外で遊ばない女子はクラスでお喋りや勉強をしていたりする。

私は、1人で少し考えをまとめてみようと、こっそり抜け出そうとするが、ヴィリアに見つかって声を掛けられる。

「ドレッサちゃん？」

「あれ？　ドレッサちゃん、どこ行くのー？」

「一緒にお話ししないのです？」

「ん。美味しいお菓子の話。冒険者区でよそから来たっていうのが……」

くっ、ヒイロの話、後でしっかり聞こう。

とりあえずは、心の整理。それが大事。

「あ、ちょっとトイレ」

「そっかー、いってらっしゃい」

「いってらっしゃいなのです」

「……そう、ですか」

「ん。おもらしは困るからいってらっしゃい」

「もらさないわよ‼」

と、そんな感じで、クラスを抜け出して、学校の裏側に行ってみる。

ここは、グラウンドとは反対側で、あんまり人が来ない。

静かに考え事をするのには一番だろう。

備え付けてあるベンチに座ってから、授業中と同じように空を眺める。

私はそもそも、何を悩んでいるんだっけ？

ああ、気が付いたら、エクスでのことが終わって、私は自分の在り方をなくしたのだ。

母国であるナッサ王国を滅ぼした、野心の塊である憎いノーブルを倒し、平和なナッサ王国の復興。

これが、私の生きる目標だった。

当然、簡単にできるとは思っていなかったし、奴隷にまで落ちた身だから、儚《はかな》い夢だっていうのは分かっていた。

そう、儚い夢のはずだった。

でも、ウィードに連れてこられて、女神ルナ様に出会って、そのお手伝いをしてる中で、真実を知った。

モーブに引き取られて、少しは現実味が帯びてきたかなーぐらいの気持ちだった。


　――


ノーブルは野心家ではなかった。

私やお父様やお母様のように、平和を望む人物だった。

ただ、魔力枯渇という、世界が未曽有の危機に陥る前に、なんとかしようと、必死にできることをしているだけだった。

話を聞けば理解できた。私に真実を明かすわけにはいかないのも、ただ解放すればいいわけでもないことも。

極めつけは、ノーブル本人がヒフィー様の結婚式の時に私の存在に気が付いて……。

『……ドレッサ姫。なるほど。ここまで手が伸びているとは、勝てるわけがないな』

そんなことを言った後、私の前に膝をついて頭を垂れた。

『先ほどの話に嘘はない。姫の母国を滅ぼしたことには何も変わりはない。すでに、我よりも優秀な者たちがいる。我がいなくなっても、問題はあるまい。だから憎いのであれば……我の首を斬れ。それで終わりにして欲しい。我の不始末で、戦乱を招くことだけは絶対に避けなくてはいけない』

そう言ってきた。

ノーブルの部下たちは止めようとするが、それを制止して、けじめだと言ってきた。

そして私は——ノーブルの首を落とす気にはなれなかった。

ルナ様が仕切るヒフィー様の結婚式で同じ神であるノーブルを斬ることなどできなかったし、その真摯な態度に、民の平和こそ是とするナッサ王国の王族として、私個人の恨みを晴らすことはなかった。

『……気が変わったのなら、いつでも斬りに来るといい』

最後までそんなことを言っていたので、逆にルナ様から『本人がいいって言ってるんだから女々《めめ》しいことするんじゃないわよ。ヒフィーの結婚式が気まずくなるようなことは避けなさいよ。あと、ドレッサ。よく決意したわ。ぐっじょぶ‼』と怒られていた。

アーネの話も聞いた。あの子は騎士を目指しているみたいで、私と会ったり、事実を聞けば揺らぐだろうし、時間が経ってから会おう。

たぶん店を開く話が騎士になっているから、返事が出しづらかったのだろう。

ということで、私は今の状況を受け入れた。安定している元母国に戻っても、恩知らずとして伝わっていて、王族としていらぬ火種になりかねないし、ノーブルに復讐する気もない、奴隷でもない。

つまり、私は、本当にただのドレッサになったのだ。

身分も、拘束も、復讐も、目標も全部なくなった。

「そっか。私はこれから何になればいいのか、何をしたらいいのか、分からないのか」

ただのドレッサになることを受け入れた私は、これからのことに悩んでいるのだろう。

「うーん。案外、難しいわね。１人のただの人って」

よくよく考えると、身分も、拘束もないというのは、なかなか難しいと気が付いた。

なんでもできる反面、そのリスクが大きい。貴族や王族のように、未来をある程度決められているわけではない。本当に、ウィードで生きるのならば、頑張ればなんだってできるというのは理解している。

だからこそ、元々王族だった私にとって、この自由は受け入れがたいモノなのだろう。

周りに自分を縛るものは何もない。逆にそれは、誰も教えてくれないということだ。

なるほど、目標がないから、戦闘訓練や勉強に身が入らないのか……今までは王族としてーって後押しがあったけど、それがなくなったんだ。

「……私、何になりたいんだろう」

「私は、お兄様のお手伝いが少しでもできればと、日々頑張っています」

「きゃっ⁉　ヴィリア、いつの間に……」

気が付けば、ヴィリアが近くまで来ていて、そのまま横に座った。

「おトイレにしては長いから、アスリンちゃんたちに代わって様子を見に来ました」

「あー」

それは気になるわよね。

あの2人は慌てていたのかもしれない。

後でちゃんと説明しないと、泣かれて、ラビリスとシェーラにお仕置きされる……。

私がそんなことを考えていると、ヴィリアは口を開いて話し出す。

「結構、多いんですよ？　ドレッサみたいに、何をしていいのか分からなくなる子たちって」

「え？　そうなの？」

「学校に通っている大半の子供は元孤児です。いえ、今でも孤児みたいなものですけど。お兄様の格別な計らいで、学校に併設されている孤児院の人たちとウィードのおかげで、毎日食べることに困らなくて済んでいます。これって、結構凄いことなんですよ？」

「そうなの？」

「ええ。孤児のほとんどは孤児院に引き取られることがなかった子たちで、いつも身を寄せ合って、今日食べる物を必死で集めていました。私の兄と呼べる人も、その中で死んでいきました。それで私がスラムで暮らす孤児たちをまとめる役になったんです。必死でした、もう未来のことなんか考える余裕がありませんでした。何としても、私より小さい子たちにひもじい思いをさせたくないって……」

「……」

「それも、このウィードに来てからやらなくてよくなりました。お兄様はいつも優しくて、ちゃんとお腹いっぱいのご飯と、温かい寝床を用意してくれました。だから、毎日を必死に生きていた子たちは、何になりたいか？　というウィードの在り方に戸惑う子も多いんです」

「そっかー。じゃ、なんでヴィリアはお兄様……ユキの手伝いをって思うようになったの？」

「私の場合は簡単です。この場所を作ってくれたお兄様に感謝していますし、憧れています。きっと、これからもお兄様は多くの人の笑顔のために頑張るはずです。だから、私は少しでもそのお手伝いができればと思っているのです」

「……しっかりしているわね」

なんか、私より凄くしっかりしていると思う。

いや、最初からなんか歳の割には、って思ってたけど、そういうことがあったなら納得ね。

「そういえば、ヴィリア以外、その、何になればいいか分からない子たちってどうしているの？」

「実は、分からないままなんです」

「はぁ？　それで今、外で遊んでいるの？　それでいいの？」

「ふふっ。私と同じことを言っていますね。私も、未来も考えず遊んでいる子たちを叱りつけようとしました。お兄様に感謝を捧げて、私のように勉学を頑張ってお兄様のお手伝いができるように‼　って、でも、お兄様に止められたのです」

「はぁ？　止めたの？　ユキが？　意味が分からないわ？」

「ええ。あの時の言葉を一字一句忘れずに覚えています……　『幸せなんて人によって違うからな。今はとにかく、自分が楽しいと思ったことをやれ。色々なことをして遊べ、学校ってのはそういう場所だ。まあ、基礎的な勉強ができないと居残りとかあるからな？　無論、皆に迷惑をかけるようなこともダメだ。それを守れるなら自由にやれ、それがきっと自分の幸せに繋がるから』」

「……よく分からないわ」

「ドレッサだと、そうでしょうね」

「じゃ、ヴィリアはユキの言っていた自分の幸せって分かるの？　勉強していて繋がったの？」

「ええ。私の幸せは、お兄様を少しでもお手伝いすることです」

間も置かずに即答するヴィリアに私は目を丸くする。

「なんでそう言い切れるのよ？　間違っているかもしれないわよ？」

「そうですね。間違っている可能性もあると思います。でも、お兄様は最後にこう言ったんです」

『今、幸せですか？　って、聞かれて、幸せです‼　って心の底からすぐに答えられる人になれ。いや、凄く難しいと思うけどな』

「私は迷いなく答えられます。お兄様を手伝うことがきっと私の幸せなんです。義務とかそういうのではなく、私が心の底から思ったことなんです」

「……なんとなく言いたいことは分かったわ。そこまで良い笑顔で言っていることが不幸なわけないもんね。そうやって、胸を張れることを探すってのが私の今やるべきことね……たしかに、こうやってウジウジ考えているよりも、グラウンドで思いっきり遊んでいる方がマシよね」

「ふふっ、そうですね」

よし、ならやることは決まったわ。

「ヴィリア。アスリンたちを呼んできて。一緒にグラウンドで遊ぶわよ‼」

「はい。分かりました」

まずは、思いっきり遊んでみよう。

ヴィリアのように、胸張って即答できる幸せなことを探すのよ‼

番外編　独身じゃなくなった感想

「「「かんぱ～い」」」

　俺たちはそう言ってジョッキグラスを合わせる。

　カキンと音が響いてそのあとビールを口に運ぶ。

「うん、美味い！」

　そう言って一気に飲み干したのはタイゾウさんで、今日の主役。

「はい。おかわりどうぞ」

「おっと、すまないね」

　空になったジョッキグラスに並々とビールを注ぐのは血縁者であるタイキ君。

　トクトクと瓶から注がれるビールの小気味よい音が聞こえてくる。

　そして、ジョッキになみなみと注がれたビールを縁から少し飲んで減らしてタイゾウさんが一息つき……。

「ふぅ。今日はこのような席を設けてくれてありがとう」

　そう言って俺とタイキ君に頭を下げてお礼を言う。

「いえいえ、無理やり式にしてしまいましたからね。普通はこっちが先の予定です」

「ですよね～。って、俺も学生だったからよく分からないんですけど」

俺たちはタイゾウさんとヒフィーの結婚式が終わった後、日にちをあけて時間を取ってもらいこうして会食をしているというわけだ。

本来は、事前に結婚の話をまとめたり、友人たちで前祝いなどをして昔を偲び、思い出話をして、新しい新婚生活へと繰り出すわけだが、ドッキリ結婚式のためこの催しは後回しとなっていた。

というか、タイゾウさんの親戚や友人はこの世界にいないというのもある。

だから、俺たちがせめてこうして集まって飲み会を開いたわけだ。

「まあ、そういうモノだな。結婚した相手を連れまわすのはよくないとされている。とはいえ、今回はちゃんと許可を貰っているし、ヒフィーさんも色々コメット殿と話すようだし、いい機会だろう」

そう、ちゃんとそこら辺の段取りはしている。

結婚してすぐに旦那が飲み会で帰りが遅いとか浮気の予兆と思われるだろう。

だが、この話はちゃんとヒフィーたちに通している。

本日、ヒフィーも結婚のことでコメットや俺の嫁さんたちに祝われる会をやってもらっている。

まあ、いわゆる男だから女だから話せることもあるだろうという集まりも兼ねている。

「改めて結婚おめでとうございます」

「おめでとうございます。いやーよかった。無理強いになってないかって心配だったんですよ」

タイキ君は心底、あの突発結婚式を心配していた。

破局とかしたらどうしようってな。

でも……。

「俺も正直心配だった。とはいえ、コメットを筆頭に俺の嫁さんたちも問題なしと言って聞かなかったので、やった」

「あ、そうだったんですね。全然不安そうな顔してなかったから乗り気だったと思いましたよ」

「いや、こういうのって不安な顔を見せる方が問題だろう？　とはいえ、タイゾウさんの気持ちも確認せずにやったのは問題だと思いました。改めてここで謝罪いたします。申し訳ありません」

俺とタイキ君は揃って頭を下げる。

タイゾウさんの感情についても、女性陣から「問題なし」と話を受けて俺はそのまま進めた形だ。

まあ、散々手を煩わせてくれたヒフィーに対する意趣返しがあったというのも事実だが。

「いいや、おそらく事前に問われていれば否と答えていただろう。あの時もはっきりと愛と答えてはあげられなかった。あれが最善だったと私も思う。だから謝らなくていい」

そう、タイゾウさんから許しの言葉が貰えた。

研究者らしい回答だと俺は思ったが、本人は不義理な答えだと思っていたようだ。

確かに研究一辺倒なところがあるから、下手な場所で言うとそのまま仕事に逃げるような気はしていた。

後押しになったのなら幸いだということにしておこう。

そのあと、しばらくビールを飲んでつまみを食べてと静かにしていたのだが……。

「で、どうですか？　結婚して」

不意にタイキ君がストレートに質問をしてきた。

とはいえ、遠回しに聞いても意味はない気はするが。

「どうとは？」

だが、タイゾウさんは質問の意図が分からないようで、首を傾げている。

「えーっと、知らない人……ではないですけど、ほら、一緒に生活をしていなかった人との共同生活でしょう？　困ることはあるんじゃないですか？　俺も、アイリとは大変だったんで。特に宿屋の娘から王妃ですからね」

「「ああ」」

と、タイゾウさんと揃って声を上げる。

確かに、宿屋の看板娘から、周りから傅《かしず》かれる王妃様というのは誰だって困るだろう。

「朝は使用人と同じ日が昇る前から起きて、ベッドメイクとか食事の準備をしてて、メイドたちが悲鳴を上げていまして……」

「あはは、それはそうだな。自分の仕事を王妃にさせているなんて首が飛びかねないからな」

「存在意義が疑われるよな。そもそもその王宮付きのメイドって貴族の娘だろう？」

「ええ。だからこそ問題も大きかった。俺も平民でしたし、そこら辺の説明と妥協点とか大変でしたよ」

そう言ってタイキ君は肩を竦《すく》める。

そりゃ、一般高校生だったタイキ君が王様とか勇者の役割をしたんだからその苦労は並大抵じゃないだろう。

貴族の思考とか普通の学生からしたら意味不明すぎるしな。

「とまあ、そんな感じでタイゾウさんも苦労してないかなーって」

「なるほどな」

タイゾウさんは頷いて、焼き鳥を取って1つ食べる。

「ん、美味い。しかし、幸い私とヒフィーさんはそういうのはないな」

「え？　ないんですか？」

「ああ、なんというかな。元々ヒフィー神聖国は贅を尽くすという感覚は無くてな。そのトップであるヒフィーさんも同じだ。質素に暮らしている。もちろん自分で料理をすることもあるし、洗濯もする。もちろん忙しければ別だが、自分のことは自分で、というのは強いところだからな」

「あー、なるほど」

「つまりあまり生活は変わっていないと？」

「そうだな。正直ヒフィー神聖国での生活は変わってはいない。いや、時間がある時は食事だけは一緒にするようになったかな。とはいえ、あの結婚式は神様たちや身内でやったもので、国を挙げてのものではなかったからね。部屋が一緒というわけにもいかない」

確かに、あれは内々でのお祝いだ。

ヒフィー神聖国が諸手を挙げてやったわけではない。

勝手にやったというタイプだ。

「今更ですが、国としては良かったのですか？」

「混乱するだけだからな。この方がいいとヒフィーさんと私も判断した。まあ、ヒフィー神聖国の結婚は普通にあるし、手順を踏めばいいのだろうが、今はよくない。色々あったからな」

「確かに。じゃ、ヒフィー神聖国全体でお祝いっていうのは後日になるんですね」

「ああ。だが、こうしてウィードに部屋を設けてくれているからそこでは仲良くさせてもらっ

「気に入っていただけて何よりです」

とりあえずで用意したウィードのタイゾウさんとヒフィーさんの部屋だが、そこは利用してくれているようだ。

まあ、結婚しておいて別居とか悲しいからな。

せめてと思って用意しておいたのは正解だったわけだ。

「まあ、そこではアレだな。家具の趣味や片付けで多少揉めたりはしたな」

「家具の趣味ですか？」

「ああ、ヒフィーさんは白が好きなようでな、テーブルから椅子、はたまた家電まで白で統一しているんだ。私にはどうにも目に痛い」

「そういうのってありますよね。教会を意識しているんでしょうか？」

「多分そうだと思う。汚れとかも分かりやすいからな」

「タイゾウさんの家具の趣味は？」

「私は木のぬくもりが感じられるものがいい。塗装はいらないんだ。まあ、私室は私の趣味でまとめているが」

なるほど、タイゾウさんは本当にアレだな、古き良き日本人というやつだ。

まあ、塗料を使っている机を買う余裕がなかったとも言えるか。

「とはいえ、そういうのも含めて新鮮で楽しいな。これが家庭を持つということなのだろう」

そう言ってほほ笑むタイゾウさんは嬉しそうだ。

夫婦というのはこういうモノなんだろう。

「そういえば、タイキ君の話は聞いたが、ユキ君はどうだい？　結婚して独身時代と変わったかい？」

おっと、ここで俺に質問が飛んできたか。

独身から結婚して変わったこと……。

「山ほど変わりましたね。まさか一会社員から国家運営に携わるとは思いませんでしたよ」

「ああ、それは私もだ。一介の研究者だったからな」

「それは俺もですよ。高校生でしたし。というか、この知識でよくやれましたよ」

「「本当にな」」

俺たちの知識は偏ったものだ。

国家運営をできるものではないが、何とか周りの力を借りてここまで来た。

もちろんダンジョンの力を使って勉強の毎日だ。

「と、それは立場の違いからの変化であって結婚とは別だろう？」

「そういえばそうですね。えーと、結婚してから変わったことと言えば……やっぱり個人の時間ですかね」

「あー、分かります。1人でのんびりしている時間って減りますよね～」

「それはあるな」

　俺たちは全員で頷く。

　そう、独身から結婚して変わったことの最たる例は個人の時間が減ることだろう。

「相手を気遣うのは当然ですが、たまに独身時代が懐かしくはなりますね」

「分かる。分かるぞ。お腹が空けば適当に町に繰り出していたが、妻がいる身としてはそういうわけにはいかない」

「ですね。食事を用意してくれているのに、それを無視するわけにはいかないですからね～」

「でも、どうしてもラーメンとか食べに行きたくなるんですよね～」

　凄く分かる。

　食うなと言われると食いたくなるんだよな。

　でもだ。

「そういうのは嫁さんたちと行きたくもあるんですよね」

「あるある。美味しい物を紹介するってやつですよね」

「なるほど。そういう楽しみもあるか」

「事前に説明しておかないとご飯食べた後とかになるからいけないけどな」

　とまあ、そんな話をつらつらとして、こう結論を付けた。

「結局のところ、君たちも結婚してよかったと思っているわけだ」

「ですよ。俺についてきてくれるんですから。よかったですし、幸せですよ」

「ええ。独身時代がいいと思う時もありますけど、それは比べられるものじゃないですからね」

そう、どっちにもいいところもあれば悪いところもある。

それで俺たちの答えは結婚してどうだったかというと。

可愛い奥さんが出来て子供もできて、幸せだっていう分かりやすい答えである。

「まあ、全員が全員、離婚しないとは限らないですけどね」

「嫌な話しないでくださいよ」

「あっはっは。そういう時もあるかもしれないが、今のところそういう意思はないな」

こうして、独身じゃなくなった男たちの飲み会は続いていくのだった。

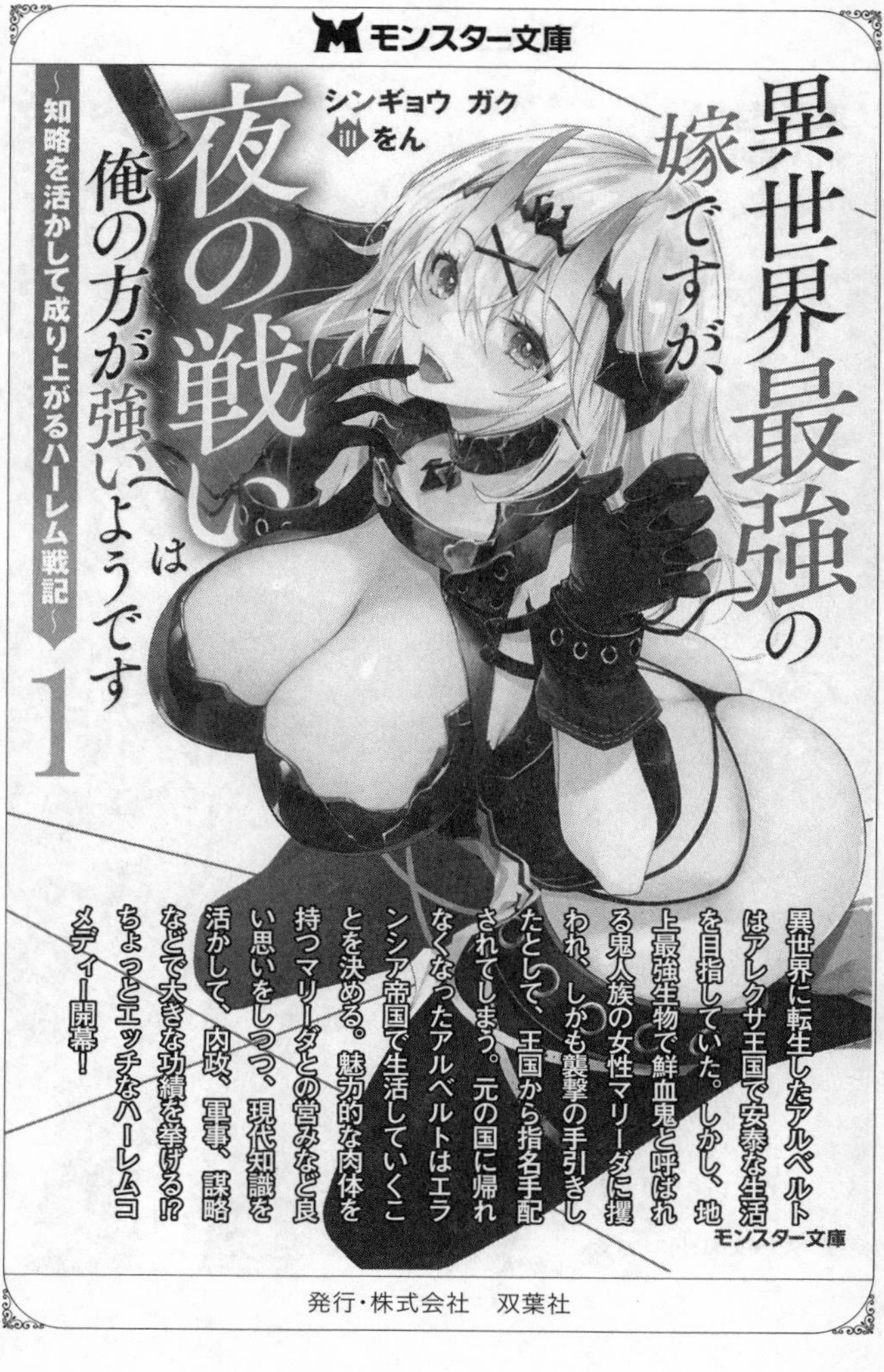
モンスター文庫
異世界最強の嫁ですが、夜の戦いは俺の方が強いようです
~知略を活かして成り上がるハーレム戦記~
1
シンギョウ ガク
ill をん
異世界に転生したアルベルトはアレクサ王国で安泰な生活を目指していた。しかし、地上最強生物で鮮血鬼と呼ばれる鬼人族の女性マリーダに攫われ、しかも襲撃の手引きしたとして、王国から指名手配されてしまう。元の国に帰れなくなったアルベルトはエランシア帝国で生活していくことを決める。魅力的な肉体を持つマリーダとの営みなど良い思いをしつつ、現代知識を活かして、内政、軍事、謀略などで大きな功績を挙げる!? ちょっとエッチなハーレムコメディー開幕!
モンスター文庫
発行・株式会社　双葉社

モンスター文庫
1
まるせい
Ⅲ チワワ丸
生贄《いけにえ》になった俺が、なぜか邪神を滅ぼしてしまった件
自ら幼馴染の身代わりに邪神への生贄となったエルト。邪神の攻撃を前に死を覚悟し、最期を迎える……はずだった。が、ユニークスキル『ストック』が発動し、気が付くと邪神を返り討ちにしていた。生還したエルトは幼馴染に無事を伝えるため、故郷の村へと旅立つことに。道中、森を歩いていると強力なモンスターに遭遇。戦闘を回避しようと考えたその時、モンスターの傍で気を失っている少女を発見し——生贄系主人公による王道成り上がりファンタジー開幕！
モンスター文庫

発行・株式会社　双葉社

必勝《ひっしょう》ダンジョン運営方法《うんえいほうほう》⑱

2022年10月31日　第1刷発行

著者　雪《ゆき》だるま

発行者　島野浩二

発行所　株式会社双葉社
〒162-8540
東京都新宿区東五軒町3-28
電話　03-5261-4818(営業)
　　　03-5261-4851(編集)
http://www.futabasha.co.jp
(双葉社の書籍・コミック・ムックが買えます)

印刷・製本所　三晃印刷株式会社

フォーマットデザイン　ムシカゴグラフィクス

ISBN978-4-575-75316-5　C0193
Printed in Japan

Mゆ01-20